개 좋아!

개의 행복한 삶을 위해
견주가 알아야 할 개의 속마음

개 좋아!

맥스웰 우핑턴 지음 | 임현석 옮김

지혜정원

일러두기

이 책의 맞춤법은 국립국어원에서 정한 한글 맞춤법 및 표준어 규정에 따랐습니다. 단, 작가가 의도적으로 표현한 구어체적 말투나 비속어 등은 원작품이 전달하고자 하는 바를 따라 비표준어이더라도 우리말의 느낌과 가장 비슷한 말로 번역하였습니다. 또한, 문화적 차이로 인해 한국 독자들이 이해하기 어려운 부분은 의역하여 실었음을 밝힙니다.

세상의 모든 견공들에게

우리는 개야. 견공들! 나도 알아. 개로 산다는 것, 얻어먹고 사는 삶이 호락호락하지만은 않다는 것을 말이야. 바닥에 누워 자는 것은 부지기수고, 야생에서 뛰어 달리고 사냥해서 맛보는 신선한 먹이 대신에, 때 되면 밥그릇에 놓이는 통조림과 사료가 지겹기도 하겠지. 카펫 위에서 낮잠만 퍼질러 자다 보면, 드넓은 벌판을 내달리던 늑대이기를 포기했던 선조들이 원망스러울 때도 있을 거야. 하지만 이건 다 개소리야. 등 따시고 배부르니까 하는 소리지.

'개 팔자가 상팔자'라는 말은 만고의 진리야. 물론 우리가 인간과 한 가족(한 무리)이 되어 살아가면서 우두머리 서열은 꿈도 꿀 수 없게 되었다고 한탄하는 일부 개들도 있지. 하지만 그건 지혜로운 우리 늑대 선조들이 인간과 함께 살면서 체득한 실리 외교가 무엇인지 모르고 하는 소리야.

바로 그 우두머리, 서열 1위 주인들은 오늘도 네가 먹는 사룟값을 벌려고 아침 일찍 일어나야 하지. 우리가 한참 개꿈을 꾸고 있는 그 순간에 말이야. 그리고 생각해봐. 어떤 삶이 더 행복한 삶인지. 길을 가다가도 아무 곳에나 똥을 싸는 삶과 그것을 황급히 비닐에 담아야 하는 삶 중에 말이야.

간단히 이 책의 구성을 설명해 줄게. 우선 개라면 당연히 알아야 할 주제를 뽑아서 나열하고 설명했어. 필요할 때 언제든지 찾아볼 수 있도록. 예를 들어, 어떻게 하면 효과적으로 음식을 구걸해서 얻어낼 수 있는지에 대한 노하우, 피하고 싶은 목욕 시간을 어쩔 수 없이 맞이하게 되었을 때 겪는 감정 상태 변화와 그에 따른 적절한 행동 방침, 미안함과 불쌍함으로 주인을 공략할 수 있는 '개 슬픈 눈'을 하는 방법 등을 배울 수 있어.

집안의 2인자로서 그동안 내가 겪은 폭넓은 경험들과 상담을 통해 만난 여러 친구들과의 깊은 대화가 집필하는 데 많은 도움이 됐어. 그 친구들의 생각과 조언은 '개들의 푸념'이라는 코너로 적재적소에 수록했어.

이 책은 인간과 동행한 7년이 넘는 삶 동안 내가 깨닫고 배운 것을 여러 견공과 함께 나누고자 쓴 거야. 특히 자존감이 낮은 하룻강아지들에게 앞으로 그들을 기다리고 있는 개 같은 삶이 얼마나 달콤하고 멋진지 알려주고 싶었어. 물론 세상만사 좋은 일이 있으면 나쁜 일도 있고, 얻는 것이 있으면 잃는 것도 있어. 하지만 내가 시행착오를 통해 알게 된 많은 노하우를 이 책을 통해서 배운다면 똑같은 방황을 하지 않아도 될 거야.

집에서 휴식중인 작가 맥스웰 우핑턴(Maxwell Woofington)

1. 개의 나이

이 책이 세상에 출간되어 여러 견공의 손에 닿을 때쯤이면 내 나이는 7살 반 정도일 거야. 인간의 나이로 치면 45세쯤 되겠지. 그러니까 할리우드 영화배우로 따지면 라이언 고슬링, 이완 맥그리거 그리고 톰 하디의 나이에 해당하는 중후한 매력이 넘치는 아직 쓸 만한 나이지. (반가워요! 여성 견공 여러분~!)

여기서 계산 빠른 이과 출신 견공이라면 '뭔가 이상한데? 인간 나이로 따져보는 건 개 나이에 곱하기 7을 하는 건데, 7.5 × 7 = 52.5 니까 나이를 어리게 속이고 있잖아!'라고 따지고 들지도 몰라. 하지만 인간과 개의 성장과 노화는 매우 다르니까 그런 셈법을 공식처럼 적용할 수는 없는 거라고. 게다가 우리 견공들의 품종은 너무 다양하고 그 기대 수명도 제각각이니까. 만약 네가 나와 동갑내기 닥스훈트라면 42살쯤이고, 아이리시 울프 하운드라면 64살 정도 되는 셈이지. 그리고 만약 네가, 아니 어르신의 품종이 그레이트 데인이시라면 이제 곧 떠날 준비를 하시는 것이...

[개들의 푸념]

내 나이 이제 겨우 2살인데 보는 사람마다 왜 우릴 보고 '할아버지'라고 하는지. 아, 더러운 세상!

2. 우두머리와 서열

천하의 주인이 둘일 수 없듯이, 한 무리, 아니 한 집안의 우두머리는 하나뿐이야. 대부분의 견공처럼 너도 주인의 밥을 얻어먹고 산다면 우두머리가 누구인지는 뻔하지. 우리가 뻔뻔한 고양이 녀석들도 아니고 말이야. 하지만 누울 자리를 보고 발을 뻗으라는 말처럼 네 위치를 정확히 아는 것은 정말 중요하지. 네가 우두머리 같은 2인자인지, 그냥 막내인지 말이야. 일상의 사소한 일들로부터 너의 위상은 드러나. 네가 으르렁거리면 주인의 식구들이 너를 건드리지 않는지, 너의 밥은 몇 번째로 챙겨주는지와 같은 사소한 것들이 네 위치를 가늠할 기준이 될 수 있어. 다음 질문들에 성실히 답하면서 자신의 서열을 알아보시길!

집에서 나의 서열은 어떻게 될까?

1. 주인의 말을 얼마나 잘 따르는가?

   A. 충성!!

   B. 내키는 대로, 반반

   C. 명령? 그게 뭔데?

2. 주인을 부르는 호칭은?

   A. 주인님

   B. 형님, 누님, 언니

   C. 형씨, 어이, 밥 당번

3. 어디서 자는가?

   A. 아무 바닥

   B. 개인용 침대

   C. 주인의 침대

4. 밖에 나가고 싶을 때 주인에게 어떻게 알리나?

   A. 알리지 않아. 주인이 나설 때까지 참고 기다린다.

   B. 뱅글뱅글 돌면서 멍멍 짖는다.

   C. 척하면 척! 눈빛 한 번이면 주인이 알아듣는다.

5. 산책은 언제 하나?

   A. 주인의 마음에 달렸다.

   B. 하루에 두 번 정도

   C. 한 번 짖어서 주의를 환기시키고 고갯짓으로 산책용 목줄을
      가리킨다. 30초 후 산책 준비 끝.

6. 차로 이동할 때 어디에 앉나?

A. 케이지에 실려서 트렁크

B. 안전벨트를 하고 뒷좌석에 앉는다.

C. 차라고? 나를 차에 태울 수 있다고 생각해?

7. 주인이 '우리 착한 애기 어디에 있니?'라고 부르면?

A. 여기요, 여기! 주인님 저 여기 있어요!

B. 내가 착하긴 하지.

C. 지금 나한테 애기라고 불렀냐? 엉?

8. 주인이 외출할 때 어떻게 반응하나?

A. 현관 앞에 누워서 가지 말라고 애처롭게 짖어본다.

B. 자거나 장난감을 가지고 논다. 가끔 돌아오는지 창밖을 내다
본다.

C. 나갔다고? 언제?

테스트 결과

주로 A

그대는 최하위 서열, 언제나 막내다. 지금 위치에 만족할지도 모
르지만, 짖어야 할 때는 짖을 줄도 아는 견공이 되기를.

주로 B

남부럽지 않은 2인자. 주인에게는 충성하지만 적절한 보상도 받고 적당히 모르는 척 식탁 위의 음식도 입에 넣을 수 있는 그런대로 만족스러운 삶.

주로 C

개 팔자가 상팔자라는 옛말을 실천하고 있다. 얻어먹고 살지만 실속은 그대가 우두머리! 그대는 존경받고 부러운 삶을 살고 있다.

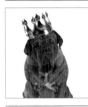

[개들의 푸념]

암. 개 팔자가 상팔자지.
서열? 이 왕관 안 보이니?

75 서열 씨움(130쪽) 참조

---

3. 항문낭

솔직히 말하면(솔직하지 않고 어떻게 항문 이야기를 꺼내겠어), 항문낭은 정말 아픈 부위야. 주인들은 듣기 좋은 말로 '향수 병'이라고 부르기도 하지만, 뭐라고 부르든 결국 똥꼬 이야기이지. 항문 옆으로 콩알만한 2개의 주머니가 있는데, 여기에는 우리 견공들이 영토를 표시할 때 사용하는 페로몬이 들어있어.

보통은 우리가 큰일을 볼 때, 이 주머니는 자동으로 비워지니까 신경 쓸 필요가 없어. 그런데 종종 설사처럼 압력이 충분하지 못하면 이 주머니가 다 비워지지 않는다고. 그러면 그곳이 가렵고 염증을 불러일으켜서, 똥꼬를 바닥에 계속 문지르게 되거나 심하면 물기도 하고 썩은 생선 냄새가 나기도 해. 그러다가 꼬리 흔들 힘도 없어지게 되면 주인도 당연히 눈치를 채게 되겠지. 운이 좋으면 주인이 너를 얼른 동물병원에 데리고 가겠지만, 병원비 아끼겠다고 직접 해보려는 주인도 있어. 생각해봐! 윤활유를 바른 고무장갑을 끼고 손가락으로 똥꼬를 마구 휘젓는 일을 누구에게 맡겨야겠어? 수의학과 졸업장을 가진 사람과 '까짓것 한번 해보자!' 생각하는 의욕 충만한 주인 중에 말이야.

4. 공 던지기 장난감

이 녀석은 2가지로 금방 알아볼 수 있어. 우선 생김새가 독특하지. 밝은색의 플라스틱 막대기에 한쪽 끝은 손잡이가 달렸고, 그 반대쪽은 국자 모양처럼 생겼어. 평소 공 던지기 놀이와 다른 점은 주인이 이 녀석을 사용해서 공을 던지면 평소보다 더 숨차게 달려가서 집어 와야 한다는 점이야. 공이 더 멀리 나가니까.

인간 남녀가 이 녀석을 사용하는 이유는 조금 다른데, 여자 사람은 이걸 이용해서 멀리 공을 던질 수 있어서고, 남자 사람은 마치 여자 처럼 던진다는 놀림을 피할 수 있어서야.

40 물어오기 놀이(82쪽) 참조

5. 스카프와 목수건

인간이 하는 짓 중에 정말 이해가 안 가는 것이 있지. 우리에게 코트를 입히고 신발을 신기는 일 등이 그렇고, 주인이 목에 매어주는 바로 이 화려한 스카프도 그중 하나지. 내 생각에는 주인들이 스스로 해보지 못한 패션에 대한 한을 자신의 애완견을 통해서 풀고 싶은 것 같아. 그래서 길거리에 제임스 딘 패션을 한 달마시안과 말론 브랜도처럼 꾸며진 비글이 돌아다니게 된 거라고. 뭐 네가 터프가이처럼 보이고 싶다면 말리지는 않겠어. 하지만 주인의 의도를 다른 사람들, 아니 특히 다른 개들이 이해해주리라고 기대하지는 마. 십중팔구 그 목에 맨 화려한 손수건은 너를 갱스터의 일원이 아니라 음식도 제대로 못 먹는 칠칠맞은 응석받이로 보이게 만드니까 말이지.

[개들의 푸념]

다른 개들이 턱받이냐고 놀렸을 때는 나도 웃어넘겼지. 하지만 썸 타는 중인 옆집 숙녀 견의 시선을 보고 웃을 일이 아니란 걸 알았어.

6. 짖기

짖는 것은 우리 견공들 간의 의사소통 수단일 뿐만 아니라 주인에게 우리의 의사를 전달하는 방법이기도 하지. 하지만 주인들 중에는 '깽

깽'과 '으르렁'의 차이도 구별하지 못하는 경우도 많아. 인간들이 외국어를 익히기 위해서 얼마나 고생하는지 이해 못 하는 바는 아니지만, 일단 인간들이 우리가 원하는 것을 잘 알아들을 수 있도록 우리의 언어를 가르칠 필요가 있어. 거기에 필요한 간략한 의사전달 방법을 표로 만들어봤으니 참고하도록 해. 중요한 건 인간이 우리 말을 잘 배울 수 있게 일관성 있게 짖어야 한다는 점이야.

개와 인간의 소통을 위한 간략한 의사전달 표

소리	개의 의도	인간어로 번역하면
중간 정도의 음높이로 길게 이어지게 짖는 소리. 중간에 짧은 휴지기가 있다.	오랫동안 혼자 남겨졌을 때	여기 아무도 없나? 혼자서 장난감도 물면서 놀고, 심볼도 핥아보고 부엌도 다 돌아봤다고. 이제 도대체 뭐 하고 놀아야 하지?
'아우~'하고 길게 울부짖다가 깽깽 소리를 낸다.	오랫동안 혼자 남겨졌는데, 아무도 그 사실을 모르고 있다는 확신이 들었을 때	저기요. 정말 아무도 없어? 나 여기에 혼자 있는데.

약간 높은 음높이로 한두 번 짧게 짖는다.	주인이나 다른 개를 만나서 반가울 때	안녕~ 잘 지냈어?
낮은음으로 빠르게 반복적으로 짖는다.	다른 개나 낯선 사람이 자신의 영역을 침범했을 때	썩 꺼져!!
중저음으로 한 번 낮고 짧게 짖는다.	단잠을 깨우거나 원하지 않는데 쓰다듬는 등 짜증 나게 만들 때	이런 ×××
아주 짧게 한 번의 날카로운 고음. 깽!	갑작스럽게 고통을 느꼈을 때	아얏!
낮은음으로 으르렁거리며 짖는다.	뭔가가 기분을 상하게 했거나 마음에 들지 않아서, 경고하거나 공격적으로 변할 때	신경 그만 건드려라.
음을 높였다 줄였다 반복하며 으르렁거린다.	겁을 먹었거나, 상대방에게 세게 나가야 할지 꼬리를 내려야 할지 판단이 안 설 때	나가 지금 좀 거시기하거든.
계속 깨갱거린다.	완전히 겁먹었을 때	저한테 왜 그러세요.
조용히 낑낑거리며 운다.	정말 무서운 일이 생겼을 때	진공청소기가 나타났어. 진공청소기가!!
중저음으로 간헐적으로 짖는다.	놀고 싶을 때	한 번 신나게 놀아보자고!
소리가 올라가게 짖는다.	정말 즐거울 때	진짜 신나!!
한숨 쉬기	잠시 숨을 고르며 쉬기로 결정할 때	내가 이 맛에 막대기 주워오기를 하는 거지.
흥분해서 헐떡거린다. 경쾌하게 짖는다.	뭔가 좋은 일이 생길 것 같다고 느낄 때(산책하러 간다든지, 맛있는 간식을 줄 것 같은 낌새를 느낀다.)	뭐야, 뭐야! 어서 하자!
흐느껴 우는데 마지막에 음이 올라간다.	뭔가 원하는 것이 있거나 필요한 것이 있을 때	손에 든 그거 혼자 먹을 거 아니지? 말해봐. 말해봐.
2~3초 간격으로 짧게 터지듯이 짖는다.	문안으로 들어오거나 나가고 싶을 때	얼른 문 열어줘!

7. 목욕 시간

밥 먹는 시간이 개들에게 가장 행복한 시간이라면, 가장 끔찍한 시간은 목욕을 당할 때이지. 원래 개들은 물을 친숙하게 생각하는 동물이지만, 그건 미끄러워 올라가기도 힘든 그 망할 욕조에서는 전혀 다른 이야기라고.

주인이 '도그 쇼'에 출전시킬 생각이 별로 없다면, 다행히 목욕 시간은 그리 자주 오지는 않아. 주인이 목욕을 시킬지도 모르는 대부분의 상황은 다음 3가지야.

- 흙 범벅이 되었을 때.
- 개똥밭을 뒹굴었을 때. (잊지 마. 개똥밭을 뒹굴어도 이승이 좋다는 말은, 목욕이 곧 저승이라는 것을!)
- 소위 몸에서 개 냄새가 날 때. (도대체, 주인들은 개에게서 무슨 냄새가 날 거라고 생각하는 거지?)

평균적으로 주인들은 4~6주에 한 번 목욕을 시키니까 얼핏 자주 하는 것이 아니라고 느낄지도 몰라. 하지만 이건 일 년에 8~13번이나 이 끔찍한 것을 겪어야 한다는 뜻이야.

목욕이 임박할 때 나타나는 5가지 징조

1. 밖에서 집에 들어왔는데, 주인이 낡은 수건으로 몸을 감쌀 때

2. 주인이 갑자기 낡은 옷으로 갈아입을 때 (정원 손질을 하거나, 자동차를 정비할 것도 아닌 것 같은데...)

3. 주인이 욕실 앞에서 간식을 들고 부를 때

4. 누워있는데, 주인이 욕실 앞으로 끌고 갈 때

5. 주인이 결연한 목소리로 '목욕 시간'임을 선언할 때

목욕 시간에 따른 감정의 변화 5단계

목욕 시간은 모든 개에게 조금씩 다른 의미가 있겠지만, 보통 5가지 단계의 감정의 롤러코스터를 경험하게 되지.

1단계 - 부정

'목욕이라고? 절대 그럴 리 없어!' 우리 견공들의 첫 번째 반응은 목욕이 임박했다는 사실을 부정하는 거야. 이것은 자연스러운 방어기제로, 차가운 현실(또는 차가운 물)로부터 스스로를 지키려고 하는 몸부림이야.

2단계 - 분노

목욕이 직면한 현실이라는 사실이 실감 나기 시작하면, 마음속 깊은 곳에서 분노가 솟아오르지. 그리고 그 분노는 보통 목욕을 시키려는 주인을 향하게 마련이지만, 때로는 목욕의 원인을 제공했던 대상으로 향하기도 해. 이를테면, 진흙이 묻었다면 그 땅의 주인에게, 여우 똥에 몸을 뒹굴었다면 그 여우에게 향하게 되지. '망할 놈의 여우 자식. 아무 데나 똥을 싸질러서 이 사단을 만들어. 귀부인 목을 감싸는 거로 생을 끝내버려라!!'

3단계 - 타협

어떻게든 상황을 벗어나고자, 더 높은 존재(개 신)에게 호소하며, 협상하려고 한다. '개 신이시여, 저를 이 고난에서 벗어나게만 해주시면, 앞으로 목줄도 물어뜯지 않을 것이며, 똥을 입에도 대지 않겠습니다.'

4단계 - 우울

주인이 샴푸를 붓고 몸에서 거품이 일면, 피할 수 없는 현실을 깨닫고는, 깊은 슬픔에 빠져들게 되지. 이쯤 되면 모든 저항은 사라지고 한편으론 서글프고, 또 한편으론 마음이 상해서 주인에게 몸을 맡기게 되는 거야.

5단계 - 수용

'괜찮아. 괜찮아. 어차피 엎어진 물이고 발라진 샴푸잖아.' 최종 단계는 샴푸로 범벅된 비누 거품에서 무지개를 발견하는 단계지. 그래, 우리 견공들에게 목욕 시간은 강철로 된 무지개, 맛있는 간식을 위해 거쳐야 할 시련의 시간이야.

[개들의 푸념]

얻은 것은 청결이요, 잃은 것은 위엄일지니...

35. 몸 털기(73쪽) 참조

8. 잠자리

우리 견공들은 잠자리에 대해선 주인들보다 더 열린 태도를 가지고 있어. 주인들은 보통 특정한 공간에 특정한 가구를 사용해서 잠을 자서 무척 까다롭고 불평도 많아. 적절한 매트리스, 적절한 이불, 적절한 베개, 적절한 침대 시트가 필요하지.

우리들은 단 3가지 조건만 갖추면 어디든 상관없어.

1. 부드럽고
2. 깨끗하고
3. 주인이 앉고 싶어 하는 곳

9. 구걸하기

개에게 구걸은 아주 자연스러운 거야. 고양이를 쫓거나 엉덩이를 핥는 것처럼 말이야. 그리고 꼭 기억해야 할 것은 구걸은 전혀 부끄러운 일이 아니라는 것이야. 구걸을 한다고 네가 나쁜 개가 되는 것도 아니고, '자존감'이 낮은 개가 되는 것은 더욱더 아니야. 그냥 개다운 일이야.

안전한 쉼터를 찾고자 하는 것은 우리 DNA 깊숙이 뿌리박혀 있는 본능이야. 그래서 주인의 침실에 들어가게 해달라고, 그리고 궁극적으로 그 아늑한 침대에 몸을 눕힐 수 있게 해달라고 구걸하는 것은 극히 정상적인 행위야. 게다가 구걸은 음식을 얻는 데도 가장 유효한 방법이지. 물론 구걸해서 먹는 것은 쓰레기통을 뒤져서 먹다 남은 음식을 찾아야 하는 최악의 상황과 밥그릇에 놓인 사료를 편안하게 먹는 최상의 상황의 중간쯤에 해당하지. 아마도 우리 견공은 먹을 것을 구걸할 일이 잠자리를 구걸하는 것보다 많을 테니 전자에 중점을 두고 조언을 할게.

구걸이 잘 통하는 것

- 음식
- 침실에 들여보내 주기
- 용서

씨도 안 먹힐 것

- 중성화
- 치욕의 고깔
- 추운 날 밖에 나가자고 조르기
- 복종 훈련
- 목욕

음식을 구걸할 때 필요한 10가지 법칙

1. 절호의 타이밍을 놓치지 마라

항상 낮 12시부터 오후 2시 사이, 저녁 6시에서 8시 사이에는 깨어 있어야 된다고. 상상해봐. 혹시라도 깊은 잠이 들었다가 깨어서 어슬렁어슬렁 부엌으로 갔더니 소시지와 고기 냄새가 진동을 하는데 음식의 흔적은 없는 참혹한 상황을. 한때 소시지와 고기를 담았을 식기들이 식기세척기에서 마지막 고기 냄새를 씻어내는 모습을 바라보는 고통은 겪어보지 않으면 모를 거야.

2. 거절 받을 것을 두려워 마라

심리적으로 다짐을 해두는 것이 좋아. 제군의 열렬한 애원과 구걸이 소시지를 보장해주지는 않아. 하지만 최악의 상황을 염두에 두고 당당하게 구걸해! 배고픈 소크라테스가 아니라 배부른 바둑이가 우리 강아지의 모토라는 것을 명심해.

3. 연민을 일으키는 눈으로 주인을 응시하라

인간이 왜 눈을 마음의 창이라고 부르는지는 모르겠지만, 포만의 창인 것은 분명해. 최대한 불쌍한 눈으로 주인을 봐. 인생 연기는 곧 인생 간식으로 이어질지니.

4. 짖지 말고, 울어라! 아우우~

지피지기 백전불태. 주인을 알고 너 자신을 알아야 구걸할 때도 위태롭지 않은 법이야. 특히 어떻게 울어야 측은하게 느껴지는지, 어떻게 짖으면 주인의 신경을 거스르는지 알아야만 하지. 미묘한 차이지만 네가 그저 간식을 달라고 짖는다면 방안에 그냥 가둬둘지도 몰라. 마치 부상을 당한 듯 불쌍하고 처절하게 울어야 해.

5. 쇼를 준비하라

온갖 쇼로 주인을 즐겁게 하는 것보다 얻어먹기 좋은 전략은 없어. 이를테면 발을 뻗어 주인의 무릎 위로 올라가서 식탁 위의 소시지를 보고 '소시지~~'라는 소리로 짖어봐. 인간들의 소시지 발음과 더 가까울수록 주인들은 즐거워하며 아낌없이 간식을 던져 줄 거야. 개인기 하나쯤 있어야 먹고사는 세상이야.

6. 유연하게 사고하라

이 모든 방법이 주인에게 통하지 않았을 때는 다른 가족 멤버들을 찾아봐. '달걀을 한 바구니에 담지 말라'는 말과 '어장관리'란 말이 있지. 주인에게 모든 것을 거는 것은 비효율적이야. 구걸의 대상의 폭을 넓혀. 통계의 법칙은 언제나 통하니까.

7. 손님은 왕이 아니라 밥이다

처음 보는 이가 식탁에 앉아 있다면, 하늘이 주신 기회야. 이들은 너에 대해서도, 네가 1시간 전에 주인이 준 식사를 뚝딱 해치웠다는 사실도 몰라. 주인에게는 너의 '연민의 눈' 전략이 더 이상 통하지 않겠지만, 이 새로운 인간은 그 눈빛을 외면할 수 없을지도 모르지. 마치 최면에 걸린 듯 소시지라도 던져준다면 얼른 입에 넣어. 주인이 알아차린다면 제지하려고 할 수도 있으니까. 혹 주인이 화가 나서 방 안에 잠시 가둘지는 모르지만, 그럼 어때. '쇼생크 탈출' 앤디의 말처럼 주인도 너의 마음속의 자유... 아니, 너의 배 속의 소시지는 빼앗지 못할지니.

8. 개 사전에 포기는 없다

주인에게 한 소리 듣는 게 좋은 개는 없을 거야. 때로는 더럽고 치사하다는 생각이 들 수도 있어. 스스로에게 묻게 될지도 몰라. '소시지 하나 먹자고 정말 이렇게까지 해야 하는 거야?' 네가 진정한 개라면 답은 이미 알고 있을 거야. 소시지는 그럴만한 가치가 있다는 것을 말이야.

9. 과거의 성공 사례를 따르라

어느 날 우연히 머리를 주인의 무릎 위에 올리고 큰 눈으로 쳐다봤더니 귀엽다고 간식을 던져주었다고 해보자고. 아니면 입에 밥통을 물고 갔더니 주인이 즐거워하며 큼직한 소시지를 통에 넣어줬다고 하자. 모든 성공에 우연은 없어. 뭔가 주인의 마음을 움직였던 거야. 네가 어떤 짓을 했더니 주인이 먹을 것을 주었는지 기억하고 그 방법을 고수하는 것은 최고의 방법이야. 괜히 검증되지 않는 방법을 새로 시도하다가 못 얻어먹은 소시지 생각에 잠 못 들지 말고, 한 번 통한 방법은 꼭 머릿속에 넣어 두시라.

10. 독단(dogmatic)적이 되라

나도 이런 말장난을 좋아하지는 않아. 하지만 정말 도그단, 아니 독단적이란 말은 음식에 대한 우리 견공들의 집념에서 유래했는지도 몰라. 삶은 전쟁이야. 특히 주인이 접시 위에 담긴 고기 한 조각도 나눠 줄 마음이 없다면, 우리는 주인을 잘못 선택한 셈이지. 주인이 다시 측은지심이 대의임을 깨닫고 실천할 수 있게, 그리고 네 배에 무엇인가를 집어넣지 않고는 절대 포기하지 않겠다는 충정으로 버티고 요구하고 요구해. 충신이 성군을 만들 듯, 충견이 좋은 주인을 만드는 거야.

5초 규칙

누가 음식을 바닥에 떨어트렸는데 5초간 줍지 않는다면 그건 바로 네 것이야! 물론 주인들은 이런 규칙이 있는지도 모르고, 우리 견공들이 5초를 기다릴 리도 없지만.

[개들의 푸념]

불쌍한 표정을 하는 것은 구걸의 정석이야.

[개들의 푸념]

내 사전에 단념은 없어. 줄 때까지 이렇게 쳐다봐야 해. 줄 때까지.

10. 새

'개 신'이 세상을 창조한 것이 맞는다면, 그가 새들을 창조한 것은 우리를 골려 먹기 위해서가 분명해. 새들은 완벽한 먹잇감이지. 조그

마하고 우리를 혹하게 만드는 귀여운 소리를 내고, 땅 위에서는 보란 듯이 뿅뿅 뛰어다니기도 해. 하지만 우리가 쫓아가면 저 하늘로 휙 하고 날아가 버려.

이 모든 것을 알면서도 도대체 우리가 왜 새들을 쫓느냐고? 어쩌겠어. 본능인데. 주인이 던지는 막대기를 향해 달려가는 것처럼 몸이 먼저 반응을 하거든. 그리고 결과야 어찌 되었던지 이렇게 뛰고 나면 기분도 좋아지니까. 우리 견공들의 정신승리랄까.

새에 대해서 우리가 알아야 할 3가지 사실

1. 새들은 날 수 있다.
2. 개는 못 난다.
3. 부엉이는 날개 달린 고양이가 아니다.

11. 물기

옛말에 '먹이를 주는 손은 절대 물지 마라'라는 말이 있지. 다 오랜 경험에서 나오는 말이라고. 이 격언을 무시한 수많은 견공이 주인의 고함을 듣거나, 엉덩이를 차였지. 그리고 가장 최악의 시나리오가 뭔지 알아? 주인이 손을 치료라도 받아야 한다면, 한동안 빈 밥그릇을 하염없이 바라만 봐야 할지도 모른다고.

12. 방광

우리 개들의 방광이 아니라, 인간의 방광에 관한 거야. 배 아래 쪽에 있는데, 그 장소를 잘 알아두는 것이 좋아.

인간의 방광은 두 가지 용도로 쓰여. 우선 우리 개들처럼 인간의 방광도 소변을 저장하는 기능을 하지. 그리고 다른 한 가지 용도는 급할 때 주인을 깨우는 스위치야. 앞발로 지그시 누르거나 온몸에 체중을 실어서 누르면, 아무리 깊이 잠들었어도, 부스스 일어나 문을 열고 나와서 밥을 챙겨준다고!

13. 뼈다귀 묻기

언제 뼈다귀를 땅에 묻어 봤어? 다른 개가 뼈를 묻는 것을 마지막으로 본 건 언제야? ('톰과 제리'에서 본 것 빼고)

두 질문에 대한 대답은 아마 둘 중 하나일 거야. '기억에 없어.' 혹은 '한 번도 없어.' 우리는 너무 길들어서 무엇인가를 묻는 것은 고사하고 땅을 파본 기억도 아마 없을 거야. 수천 년 전에 우리 조상들이 야생에서 살 때는 먹을 것을 땅에 묻는 본능이 아주 강했지. 그래야 다른 동물에게 뺏기지 않을 수 있으니까. 하지만 주인이 음식을 꼬박꼬박 챙겨주면서 우리는 그런 본능이 필요 없게 되어버렸어. 먹고 남은 것은 집 안 어디에 둬도 괜찮아. 침 범벅이 된 음식을 주워서 먹을 주인은 세상에 없으니까.

그래도 네가 만약 유독 뼈를 묻고 싶은 원시적 본능을 느끼고 있다면, 네게 꼭 필요한 건 2가지야.

1. 뼈다귀
2. 그리고 묻을 땅

성공적인 뼈 묻기를 위한 5단계 과정

1단계: 적절한 장소를 물색한다

2단계: 앞발과 코를 이용하여 흙을 조금 판다

3단계: 뼈를 판 구멍에 넣는다

4단계: 다시 앞발과 코를 이용하여 잘 묻는다

5단계: 어디에 묻어뒀는지를 잘 기억해 둔다

* 대부분의 비극은 5단계에서 일어나지.

뼈 묻기 좋은 장소

• 앞마당

• 뒷마당

• 음... 뭐 그 정도

뼈 묻기에 적당하지 않은 장소

• 공룡 뼈를 발굴하고 있는 곳이나 유적이 발견된 곳

• 해골에 ×표시된 곳 또는 지뢰밭

• 묘지

• 포격연습 구역

• 꽃 박람회장

[개들의 푸념]

왜 땅 아래에 뼈를 묻느냐고?
바보! 땅 위에 묻으면 이상하잖아.

14. 장화

방수 장화를 신고 다니면 네가 집에서 응석받이라는 것을 동네방네 떠들고 다니는 셈이야. 마마보이가 인간들 사이에서 어떤 시선을 받는지 안다면 다른 개들이 너를 어떻게 생각할지 짐작이 가지 않아? 발목 보호용이라고 아무리 네가 항변해도 아무도 믿어주지 않지.

[개들의 푸념]

분명히 주인이 그랬다니까. 올해 유행하는 필수아이템이라고...

15. 부딪치기

주인의 관심을 끌고 싶다면, 몸을 살짝 부딪쳐봐. 이것은 이미 수없이 검증된 방법이야. 주인의 팔을 콧등으로 살짝 밀어 봐. 특히 주인이 신문이나 잡지를 보고 있으면 아주 효과적이야. 만약 뜨거운 음료라도 손에 들고 있다면 정말 뜨거운 관심을 받을 수 있어.

16. 코 킁킁대기

코가 주인 얼굴의 반을 차지한다면 얼마나 놀림을 받을지 상상해봐. 하지만 우리 견공들은 이렇게 큰 코가 전혀 이상하지 않아. 이 코 덕분에 우리 견공들은 2억 2천만이 넘는 후각 세포를 가지고 인간보다 10만 배는 더 민감하게 냄새를 맡을 수 있어. 장점은? 세 블록 떨어진 옆 동네에서 소시지 굽는 냄새도 맡을 수 있어. 단점은? 그렇다고 소시지를 먹을 수는 없다는 것이고 세 블록 떨어진 옆 동네의 썩은 냄새도 10만 배 지독하다는 거지.

하지만 이 뛰어난 후각 기능이 냄새 맡는 데만 쓸모가 있는 것이 아니야. 엉덩이 킁킁을 통해서 온갖 정보를 수집할 수가 있거든. 주인이 엉덩이 쿵쿵을 어떻게 생각하는지 신경 쓸 것 없어. 우리 견공들에게는 지극히 정상적인 행위야. 일탈 행위가 아니라고. 인간들의 활동에 비유하자면 페이스북 프로필을 살펴보는 거라고나 할까.

항문낭에 담긴 냄새는 다른 견공들의 성별, 환경, 기질 그리고 식단까지 알려준다고. 하지만 엉덩이에 코를 처박듯이 들이밀고 맡을 필요는 없어. 바람에 실려 오는 냄새만으로도 모든 것을 파악할 정도로 후각이 뛰어나니까.

그럼 왜 그러는 거냐고? 이렇게 똥꼬에 코를 들이밀고 나서 얼른 주인에게 달려가 얼굴을 핥으면 주인의 표정이 볼만하거든. 그래, 우리도 취미생활과 스트레스 해소가 필요하니까.

17. 비만

불행하게도 너의 주인이 비만이라면, 너도 비만일 확률이 높아. 비만인 주인은 운동을 싫어하고 개들을 산책시키는 것도 귀찮은 일일 테니까.

물론 과체중 주인의 개들이 과체중이 되는 이유는 또 있어. 개들은 음식을 마다하지 않고 과체중 주인들의 식탁은 음식으로 넘쳐나니 얻어먹을 떡고물도 그만큼 늘어나겠지.

자신을 탓할 필요는 없어. 매일 똑같은 사료를 먹어야 하는 우리가 주인의 음식에 입맛을 다시는 것은 당연하잖아. 그리고 음식 남기면 벌 받아.

체크! 당신은 비만견공인가?

1. 주인이 푹신하다면서 자꾸 베고 싶어 한다.

2. 짝짓기도 밝은 곳은 꺼려진다.

3. X 사이즈 목줄이 답답하게 느껴진다.

4. 수의사가 체중계에 올려 넣으면, 본능적으로 숨을 참는다.

5. 고양이 등 위에 올라탄 다람쥐가 불과 몇 미터 떨어져 있는데도, 뒤쫓을 엄두가 나지 않는다.

6. 간혹 세인트 버나드(대형견)로 오해하는 사람이 있다.

7. 중성화 수술을 받았는데, 새끼를 밴 거냐고 사람들이 주인에게 자꾸 묻는다.

8. 전에는 상상도 해본 적 없는 곳에 살이 찐다. '꼬리에도 살이 찔 수 있다니!'

9. 뒤로 누워야만 외출용 코트를 입을 수 있다.

10. 해변이나 강가를 산책하면, 물에 던져서 뜨는지 확인해보자는 농담을 사람들이 한다.

[개들의 푸념]

내가 살이 어디에 있어? 그냥 다 털이라니까.

---

38. 운동(77쪽) 참조

18. 자동차

자동차에 관해서 기억해야 할 말은 단 한 가지!

네발 동물은 착하고, 네 바퀴는 나쁘다.

TV에서 나오는 자동차 광고 본 적 있어? 주인이 멋진 해안도로를 달리면 열린 창문 밖으로 고개를 내밀고 자유를 만끽하는 우리 견공들의 모습을 말이야. 아직도 TV 속에 나오는 것을 그대로 믿고 있다면 너무 순진하군.

이미 알만한 견공들은 알겠지만, 현실은 많이 다르지. 몸을 고정해 주는 장치에도 불구하고, 차의 움직임에 따라 몸은 좌우로 이리저리 움직이고 과속방지턱을 지나갈 때는 몸이 널뛰기하듯 상하로 움직이지. 곧 멀미가 시작되고 속이 메슥거리고 말이야. 그래도 조금 더 참으면 네가 기대했던 목적지에 도착할 거라 위안하겠지만 현실은?

자동차 여행에 관한 진실

네가 간다고 생각하는 곳	실제 도착한 장소
공원	동물병원
교외	동물병원
숲	동물병원
해변	동물병원
도그 쇼	동물병원

차 탈 때 해야 할 것, 하지 말아야 할 것

• 주인이 운전할 때 머리 바로 뒤에서 갑자기 크게 짖어서는 안 돼! 깜짝 놀라서 사고로 이어질 수 있어. 물론 잠깐 차가 없어지는 즐거움을 누릴 수도 있지만, 두고두고 잔소리를 들어야 한다고.

• 차에 타자마자 계속 낑낑거리며 울어. 네가 얼마나 차를 싫어하는지 표현하는 것은 중요해. 주인의 반응이 없으면 계속 음을 높여가며 짖어봐. 귀가 시간을 앞당기는 데 꽤 도움이 되니까 말이야.

• 창밖으로 머리를 내밀고 침을 늘어트리는 놀이를 꼭 해봐. 늘어진 침을 바람에 실어 뒤따라오는 차 창문에 정확히 떨어뜨리는 거야. 뒤차 주인은 열 받겠지만, 차에서 할 수 있는 놀이 중에 이만한 즐거움을 주는 것도 드물어.

• 선루프가 열려 있다고 절대로 탈출을 시도하지 마라! 아무리 차가 싫어도 현실은 영화와 다르다고. 위험하니까 절대 몸을 날릴 생각은 꿈도 꾸지 마!

- 핸들에 앞발을 갖다 대고 주인과 인증 샷을 찍어줘. 주인은 아주 유쾌해 하며 각종 SNS에 올리겠지. '다음은 네 차례야'라는 글을 달고서. 너를 자랑하려는 것인지 새로 산 사륜구동 자동차를 자랑하고 싶은 것인지는 모르겠지만, 주인이 기분이 좋으면 자다가도 떡이 나온다는 것은 분명해. 이런 게 투자지.

[개들의 푸념]

주인과 함께 차로 외출을 했어. 집에서 출발했을 때는 분명 심볼을 가지고 있었는데, 집에 도착하니 심볼이 사라졌어. 그동안 무슨 일이 있었던 거지? 나는 차가 싫어.

[개들의 푸념]

정말 내가 즐거워 보여? 정말?

19. 고양이

중국의 병법가 손자가 말하길 '적을 이해하기 위해서는 적이 되어야 한다.'고 했지. 그렇다고 모래 상자 안에 응가를 하거나, 상처 입은 새를 물어뜯거나, 생선 대가리를 먹을 수는 없잖아. (내가 개판(견공들을 위한 번역본)으로 번역한 손자병법을 읽은 것은 아니야.) 손자의 의도는 우리의 적인 고양이가 어떤 짓을 해도 놀라지 않을 정도로 그들에 대해 미리 알아야 한다는 거야. 개 바쁜 여러분들을 위해 단기속성으로 알려줄게. 고양이가 도대체 무슨 짓을 하는지.

개들이 반드시 알아둬야 할 고양이에 대한 10가지

1. 고양이들과는 절대로 눈싸움하지 말 것! 눈싸움에서 우리 개들은 절대 고양이를 이길 수 없어. 겁먹어서 눈을 피하는 게 아니니까 자존심 상하지 말자고. 고양이와의 눈싸움은 시간만 낭비할 뿐이야.

2. 고양이들이 식물보다 더 싫어하는 것이 딱 하나 있는데, 그건 우리 개들이야.

3. 귀여움으로 고양이를 이길 생각은 접어둘 것! 우리 개들이 아무리 재간을 부려도, 고양이에게는 이길 수 없어. 혹 네가 콧등에 접시를 올려놓고 뒷발로만 걸어 다녀도, 녀석들이 그 커다란 눈으로 '야옹' 하고 한 번 울기만 해도 게임 끝이라고.

4. 잠 많이 자는 것에서 우리 개들은 어디 가도 빠지지 않지. 고양이만 빼놓고서. 믿기지 않겠지만 진짜야.

5. 고양이에게 물린다고 좀비 영화처럼 고양이로 변하는 것은 아니야. 하지만 꽤 아프니까 그 호기심은 그냥 주머니 속에 잘 넣어둬.

6. 고양이들에게는 오싹한 뭔가가 있어. 얘네들이 중세시대 때 마녀와 둘도 없는 사이였다는 사실, 너도 알지?

7. 고양이가 등을 활처럼 곧게 세우면, 위협을 느껴서 곧 공격할지도 모른다는 신호야. 기차놀이 하자는 것 아니니까 그 밑으로 지나갈 생각은 하지도 말아!

8. 고양이들은 항상 뭔가 긁을 것을 찾고 있지. 나무, 책상과 가구, 스크래치 봉 그리고 이마저 없으면 너! 항상 조심 또 조심!

9. 고무고무 열매를 먹었는지, 고양이들은 아주 작은 틈도 비집고 지나갈 수 있어. 구급차 아저씨 보고 싶지 않으면, 따라 하지 마.

10. 고양이들은 면책권을 가지고 있어. 녀석들이 식탁 위로 올라가 접시 위에 남겨진 음식에 손을 대는 것은 '귀여운 짓'에 해당

하지만, 우리가 똑같이 따라 하면 식탐만 많은 '더러운 짓'이 된
다고.

[개들의 푸념]

내 머리 위에서 이 녀석은 뭐 하는 거지?
주인님은 거기 서서 사진만 찍고 있을 거예요?

---

20. 쫓기

뭔가를 쫓는 것은 우리 견공의 본능이야. 게다가 재밌고 쉽지!

　뭔가를 쫓을 때, 혹시 놓칠까 봐 부담을 느낄 필요는 전혀 없어. 꼭
뭔가를 잡아야 하는 것이 아니야. 그냥 쫓는다는 것 자체가 즐거운
거니까, 우리 견공들은!!

쫓는 방법

1. 뭔가 빠른 것을 뒤에서 쫓는다.

2. 끝

쫓기에 좋은 것

- 공

- 막대기

- 고양이

- 프리스비

- 더 작은 개

- 새

- 다람쥐

- 사람

쫓기에 나쁜 것

- 멈춰 있는 것

- 더 큰 개

- 자동차 (금속으로 만든 개가 아니야)

- 네 꼬리 (어지럽다)

21. 씹기

먹을 수 없는 것을 씹는 것은 본능적인 것이라 우리도 어쩔 수가 없어. 새끼 강아지들이야 이앓이를 하느라고 물건들을 씹기도 하지만, 다 큰 개들은 좀 다른 이유가 있어. 주로 불안하거나, 외롭거나, 지루하거나 또는 관심이 필요할 때 그렇게 해. 이유야 어찌 되었든 우리 개들은 입에 넣는 것을 따지지 않아. 충동이 온다 싶으면, 가까이 있는 물건들을 물어뜯기 시작해. 왜? 우리 개들은 단순하니까.

푸하하! 설마 진짜 그렇게 생각하는 건 아니겠지?

인간도 배스킨라빈스에서 골라 먹는 재미를 누리는데, 우리 견공들이 골라 씹는 재미를 모른다는 것은 말도 안 되지.

씹는 물건들에 대한 선배의 조언

• 리모컨

좋은 점: 바삭거리는 소리가 기분이 좋지. 게다가 물어서 작동이 안 되면, 주인이 TV 본다고 종일 소파에 드러눕는 시간이 줄어들지도 모르지.

나쁜 점: 실수로 리모컨 부품을 삼킬 수도 있어. 작은 플라스틱 조

각 정도야 무해하지만, 알칼리 건전지는 위험할 수 있으니 조심.

• 종이

좋은 점: 종이 찢기는 소리는 상쾌하지. 게다가 침이 묻어 종이 위의 잉크가 번지는 것을 보는 것은 정말 신나. 혹시 알아? 그중에는 손으로 쓴 세기의 작품과 연구가 있을지도 모르고, 만약 아인슈타인의 개가 상대성이론에 관한 논문을 갈기갈기 찢고 침 범벅으로 만들었다면 우리는 핵무기 없는 세상에 살고 있을지도 모르잖아.

나쁜 점: 종이는 너무 씹기 좋아서 슬프게도 그 좋은 식감은 금방 사라지지.

• 지갑

좋은 점: 가죽 냄새와 질긴 촉감은 정말 끝내주지. 지갑에 카드나 돈이 들어 있다면, 플라스틱의 바삭거림과 돈 씹는 재미는 보너스야.

나쁜 점: 주인이 '이 개××야!'라고 소리칠지도 몰라. 이미 다 컸는데도 말이지.

• 핸드폰

좋은 점: 글쎄. 별로 없어. 액정을 씹는 느낌을 좋아하는 유별난 취향이 없는 한.

나쁜 점: 그 액정 맛은 정말, 퉤퉤!

• 책

좋은 점: 오래된 책에선 케케묵은 냄새가 나는데, 꽤 괜찮아. 한 장씩 넘기면서 찢는 재미가 있어.

나쁜 점: 종이에 벨 수도 있으니까 주의!

• 쿠션

좋은 점: 우리 견공들은 초콜릿을 먹을 수가 없지. 하지만 인간들도 쿠션을 물어뜯을 때 우리가 느끼는 기분을 모르는 건 마찬가지야. 특히 쿠션 가죽이 뜯겨져 안에 있는 하얀 내용물이 밖으로 튀어나올 때의 쾌감이란...

나쁜 점: 쿠션이 터지면 빼박이지. 아무리 범죄 현장을 숨기려 해도 주인은 알고 있지. 네가 쿠션에 무슨 짓을 했는지.

[개들의 푸념]

마침 잘 왔어. 방금 와 보니 이렇게 되어 있더라고.
진짜라니까...

83. 신발(144쪽) 참조

22. 크리스마스

매년 추운 계절이 되면 한 번 돌아오는 인간들의 축제일이야. 이날이 가까워지면 곳곳에서 불길한 징조가 나타나지. 집에 이상하고 요란한 나무가 놓이고, 사람들의 방문이 잦아지고, 무엇보다 주인의 스트레스 지수가 올라가지.

이 기간에 주인들은 보통 더 늦게 일어나서, 소파에 누워서 TV 채널을 이리저리 돌려. 평소에도 시끄러운 TV는 유난히 더 시끄럽지. 우리 견공들이 오매불망 기다리는 산책 시간이 바뀌기도 하고, 재수 없으면 몇 일간 집 안에만 있게 될 수도 있어.

세상만사가 다 그렇듯 크리스마스가 주는 좋은 점도 있어. 집 안에 음식이 넘쳐난다는 것이고 그러면 우리 견공들이 뭔가를 얻어먹을 기회가 그만큼 늘어난다는 뜻이지. 경제학자들이 말하는 낙수효과가 이런 것이 아니겠어?

다음은 크리스마스를 벌써 7번이나 겪은 선배로서 내가 해주고 싶은 조언이야.

크리스마스를 맞는 개들의 10계명

1. 네가 거의 보지 못했던 사람들이 왕창 집에 들이닥치고 너의 신

48

성한 영역을 침범하게 될 거야. 주인은 그들을 손님이라고 부르겠지만, 뭔 상관이야. 그들은 침입자이니 그에 걸맞게 대해줘.

2. 거실에 놓인 이상하고 요란한 크리스마스트리는 인간들이 주술에 쓰는 도구임이 틀림없어. 왜냐고? 여기에 소변을 보거나 영역 표시를 하면 주인이 노발대발하거든.

3. 크리스마스트리에 달린 작은 조명들을 연결하는 선이 있어. 씹기 좋게 생겼지만 참으라고. 기대하는 쫀득한 맛 대신 찌릿한 맛을 볼지도 모르니까.

4. 반짝이는 크리스마스 장식을 삼켰다고, 똥도 반짝이지는 않아.

5. 크리스마스트리 밑에는 많은 선물이 놓여 있지. 설마 주인이 네 선물을 빼먹었겠어? 하지만 글을 못 읽는 견공들은 어느 것이

자기 것인 줄 알 방법이 없어. 그러니까 다 뜯어보는 수밖에.

6. 어느 날, 문 앞에 빨간색 옷을 입은 흰 수염의 뚱뚱한 남자가 초인종을 누를지도 몰라. 도둑이 아니라 십중팔구 주인이니까, 놀라지들 말라고. 절대 물지도 말고!!

7. 크리스마스에는 여기저기 사람들이 음식을 두고 다니지. 손이 닿으면 먹어도 괜찮아. 음식 남기면 벌 받는다니까.

8. 나무로 만들어진 성탄절 조각상은 씹기에 딱 좋지. 다만 아기 예수는 작아서 삼킬 위험이 있으니까 조심하도록. 네 똥꼬에서 아기 예수가 재림하실 때 아주아주 아플 테니까 말이야.

9. 주인이 머리에 사슴뿔 모양의 장식을 씌우려고 할지도 몰라. 사진 찍기 바로 직전에 머리를 흔들어 떨어뜨리면 조금은 복수를 한 기분이 들 거야.

10. 한 상 차려진 저녁에 많은 손님이 함께 할 거야. 그리고 먹을 것도 넘쳐나겠지. 삼 일은 굶은 것처럼 애원하고 또 애원해!

23. 뱅글뱅글 돌기

우리 견공들이 자기 직전에 뱅글뱅글 돌면 주인은 재미난 구경거리
가 생긴 듯 쳐다봐. 하지만 주인을 웃게 할 의도로 일부러 이러는 것
은 아니야. 일종의 본능 같은 거랄까. 아주 오래전 우리가 아직 야생
의 늑대일 때, 우리는 자리에 눕기 전에 이렇게 뱅글뱅글 돌아서 풀
을 평평하게 만들곤 했어. 풀에 숨어 있던 해충들을 쫓는 데도 좋은
방법이었고. 이제 카펫이나 소파 또는 주인의 킹사이즈 침대에서 잠
을 자지만 이 오래된 본능은 사라지지 않았어.

덕분에 유튜브에는 뱅글뱅글 도는 우리를 보고 배꼽 잡고 웃는 주
인들로 넘쳐나지. 뭐 우리가 어쩌겠어. 그냥 웃으라지 뭐.

24. 목줄

견공의 다양한 종만큼이나 많은 목줄이 있어. 재질은 보통 천이나 가죽이지만 색과 무늬는 정말 다양하지. 무난한 줄무늬나 물방울 모양도 있지만 정말 유치한 뼈다귀 또는 강아지 발 문양도 있지.

요즘에 핫한 목줄들에 대한 평가

• 벼룩 제거용 목줄

작고 독특하고 무엇보다 네 몸의 벼룩을 제거해주는 역할을 해주지. 다만 주위의 친구들과 여자 친구도 제거해주는 부작용이 있어. 이 목걸이를 하고 다니면 네가 벼룩이 있다는 것을 모두가 알게 되기 때문이야.

• 가시나 징이 박힌 목줄

젊고 강한 인상의 견공이 사용한다면 터프가이 폭주족 이미지를 제대로 전달할 수가 있어. 그런데 늙은 견공이 매고 다닌다면 뭐랄까... 인간으로 치면 가학성 변태성욕자 같은 느낌을 주지.

• 표범 무늬 목줄

나이스 운동화 신었다가 친구들에게 놀림 받은 기억이 있다면, 이걸 착용한 견공들의 마음을 알 수 있겠지.

• 반짝이는 다이아몬드 목줄

다음 3가지 중 하나는 만족시켜야 이런 목줄의 주인공이 될 수 있어.

1) 주인이 너를 한 손으로 들어도 무리가 가지 않을 작은 견종

2) 주인의 핸드백에 쏙 들어가는 몸 사이즈

3) 네가 고양이일 때

• 해적 목줄

목줄에 큼지막한 해골 마크가 있는 이런 목줄은 다음과 같은 조건에서만 어울리지.

1) 주인이 외다리에 의족을 한다.

2) 항상 앵무새가 주인의 어깨에 앉아서 따라다닌다.

• 이름이 새겨진 맞춤형 목줄

화려한 목줄에 이름이 새겨진 목줄은 다음 2가지 조건을 갖추지 않으면 부적절하지.

1) 이름이 짧을 것

2) 이름을 드러내 놓고 다녀도 창피하지 않을 것

만약 이름이 '김수한무거북이와두루미삼천갑자~'면 곤란해.

• 나비넥타이 형태의 목줄

정말? 진짜로? 도대체 왜???

무슨 수를 쓰더라도 피해야 할 목줄

• 충격 목줄

주인의 명령을 듣지 않으면, 이 목줄은 진동을 해. 훈련이 목적이라지
만, 재수 없으면 진짜 아플 수 있어.

• 초크 체인

이름에 초크 비스름한 말이 들어가는 것 치고 좋은 거 못 봤어. 초크슬
램, 초콜릿! 다 치명적이잖아. 보통 명령을 잘 듣게끔 훈련용으로 씌우
는데, 말 그대로 당길 때마다 목이 조이고 숨이 막히지. 이 기분 나쁜 녀
석을 하루빨리 벗어버리고 싶다면 주인이 죄책감을 느끼게 하는 게 좋
아. 숨넘어가는 괴로운 소리를 내고 간혹 죽은 척을 하는 것도 좋은 생
각이야. 이런 목줄은 잘못된 선택이란 것을 주인도 깨닫게 될 거야.

• 하니스

엄밀히 말해 목줄은 아니지만, 기능은 목줄과 같아. '가슴 줄'이라고도
부르는데, 주인이 이것을 쓴다면 평소 산책할 때 네가 너무 지나치게

주인을 끌고 다녔을 가능성이 커. 보통 주인이 네 목이 지나치게 조여지는 것을 막으려고 입히는데, 온몸에 압력이 고르게 분비되어서 숨쉬기가 훨씬 편해지지. 부작용은 네가 마치 맹인안내견처럼 보일 수 있고, 스타일을 그다지 살려주지는 못한다는 거야.

[개들의 푸념]

날 우습게 보면 안 된다는 게 느껴지지? 눈 깔아!

25. 컴퓨터

컴퓨터는 우리 개들의 적이야. 영화 '터미네이터'의 인간과 스카이넷과의 생존을 건 대결까지는 아니라도. 아무튼 컴퓨터는 주인의 친구나 다른 애완동물보다도 더 위험한 존재야. 주인의 관심을 뺏어가는 점에서 말이야.

컴퓨터가 어떻게 생긴 줄 알아? 일단 외형은 작은 텔레비전처럼 생겼는데, 주인은 이 작은 기계 앞에 앉아서 매일 아주 오랜 시간을 보내. 가장 어이가 없는 것은 주인들이 이 컴퓨터로 주로 보는 것 중 하나가 우리 개들이라는 사실이지. 트램펄린에서 점핑하는 개, 빠른 테니스공을 따라잡느라 정신없는 개, 넓은 막대기를 좁은 틈을 통해 가져오려고 낑낑대는 개, 마치 사람처럼 '안녕'이라고 말소리를 내는 개까지, 주인은 즐겁게 웃어대며 보고 있어.

그런데 그렇게 다른 개들의 동영상을 보면서 즐기는 시간에 '진짜' 개와 놀 수도 있다는 것을 주인은 왜 모르는 걸까?

개 동지 여러분! 이것이 바로 인간들이 자주 쓰는 표현인 '아이러니하다'입니다.

개가 절대로 컴퓨터를 하지 않는 이유

1. 마우스를 보면 자꾸 무는 장난감으로 보여.
2. '제 버릇 개 못 준다'는 말 있지? 그럼 개 버릇은 누굴 줄 수 있겠어? 즐겨찾기 표시를 자꾸 스크린에 소변으로 마킹하게 된단 말이지.
3. '일어서', '앉아', '기다려' 같은 명령어는 이해할 수 있지만 Ctrl-Alt-Delete는 무슨 명령인지 도저히 모르겠더라고.
4. 침으로 뒤덮인 키보드가 사용하기 어려워.
5. 손목터널증후군이 생길까 봐.

26. 코스튬

공공장소에서 목줄을 하고 다니는 게 창피해? 자꾸 주인이 큰 소리로 명령 내려서 민망해? 너는 진짜 개망신이 뭔지 몰라. 주인의 진짜 만행은 따로 있어. 그것은 우스꽝스러운 의상을 우리 개들에게 입혀 놓고 그것을 사진이나 동영상으로 만들어 SNS에 올려서 공유하는 것이야.

어쩌면 주인들의 눈에는 진짜 이 사진들이 즐겁거나, 귀엽거나 심지어 섹시하게 느껴지는지도 모르지. (제발 섹시하게 느껴지는 것은 아니길) 정확한 이유야 어떻게 되었든, 변하지 않는 사실이 있어. 적어도 여러분 중 그 누구도 일생의 한 번 정도는 이런 개망신을 겪게 될 거라는 점이야. 특히 크리스마스나 핼러윈 때. 이런 우스꽝스러운 의상을 입어야 한다는 것보다 더 당황스러운 것은 그 사이즈야. 주인은 십중팔구 체형보다 작은 의상을 입히는데, 움직임에 불편을 줄 뿐만 아니라, 너를 더 살쪄 보이게 만들어.

미리 마음을 다잡기 위해서 앞으로 입게 될지 모르는 의상들에는 어떤 것이 있는지 알려줄게.

• 사슴뿔

이건 코스튬이랄 것도 없이, 그냥 사슴뿔 모양의 장식을 머리에 쓰는 거야. 귀여울 거라고 상상하면서 머리에 씌우나 본데 내가 보기엔 루돌프보다는 프랑켄슈타인 쪽에 더 가까워.

• 토끼 귀 머리띠

사슴뿔처럼 머리에 쓰는 건데 모습은 더 충격적이야. 우리 견공들의 선조가 야생에서 토끼를 사냥하던 늑대였다고. 토끼 귀를 달아주는 것은 역사 왜곡이라고 생각하지 않아?

• 산타 의상

간단한 산타 의상은 그냥 머리에 씌우는 것인데, 머리를 몇 번 강하게 흔들면 벗겨지니까 크게 염려하지 않아도 되지. 그런데 보통은 후드를 포함한 풀 코스튬이라서 그렇게 쉽게 벗겨지지는 않아. 주인은 우리를 이렇게 우스꽝스럽게 만들어 놓고 크리스마스트리 앞에서 함께 사진을 찍으려고 하겠지. 크리스마스트리 아래 놓인 선물 상자를 소시지가 들어있는 것처럼 게걸스럽게 물어뜯으려는 시늉을 해봐. 우리의 우스꽝스러운 모습을 영원히 남기려는 주인의 음모를 분

쇄할 수 있는 좋은 방법이니까.

• 크리스마스 요정

정말 참혹해. 차라리 사슴뿔을 달겠어.

• 슈퍼맨

거울에 비친 이것은 새인가 아니면 비행기인가? 아니야, 불행히도 거기 싸구려 아크릴로 만든 빨간 망토를 걸치고 있는 녀석은 바로 너야! 주인은 이 망토가 불에 잘 붙는다는 것을 알고나 있을까? 쭉 팔려서 크립토나이트를 찾아 확 죽어버렸으면 좋겠다고 생각할지도 모르지만, 다행히 이 망측한 의상을 벗는 데 초능력은 필요 없어. 목에 망토를 고정시킨 부분을 앞발로 몇 번 밀면 벗겨지니까 말이야.

• 남성 정장

남성 정장이란 말은 얼핏 들으면 멋져 보이지. 슈트를 멋지게 차려입은 모습을 상상하게 될 거야. 목에는 나비넥타이를 매고 흰 셔츠를 입히지. 그런데 문제는 하의 실종이라는 거야. 애당초 주인은 하의를 입힐 생각 따윈 없다고. 하긴 원래 벗고 다니는 우리에게 반쪽짜리 정장이 무슨 의미가 있겠어.

• 맹수(호랑이, 표범, 사자 등) 의상

주인이 유아용 원피스를 입혀서 공공장소에 데리고 다니면 죽고 싶겠지? 하지만 그건 초원과 정글의 맹수 의상을 입혀 돌아다니는 것에 비하면 아무것도 아니라고. 사자 갈기는 아무리 발로 떼어내려고 애를 써도 벗겨지지도 않아. 이 의상은 너를 '동물의 왕'이 아니라 '굴욕의 왕'으로 만들어주지.

• 자메이카 레게 의상

주인이 자메이카를 좋아하고 밥 말리의 레게를 주로 듣는다면 이런 의상을 입힐지도 모르지. 최악의 경우 머리를 레게 풍으로 바꾸는 경우도 있다니까.

• 메릴린 먼로

메릴린 먼로가 지하철 환풍기 위에 서 있던 명장면 기억나? 이제 네가 하얀 드레스를 입고 인조 가슴을 달고 다른 개들 앞에 있다고 상상해봐. 이런 때를 대비해 동물보호협회 전화번호를 기억해 두라고 한 거야.

• 핫도그

닥스훈트는 그냥 있어도 외모 콤플렉스로 고민이 많은 애들이지. 이 친구들에게 옆에 꼭 롤빵을 붙이고 등에 피클 모양을 붙여야만 하겠어? 이건 장난이 도를 넘어서는 거야. 범죄라고.

마치 견공들이 두 발로 서 있는 것처럼 보이게 만드는 코스튬

이 의상은 정말 끔찍해. 이걸 입으면 앞발이 마치 사람의 다리처럼 보이는데, 인형 팔이 달려 있어서 더욱 그렇게 보이지. 앞에서 보면 뒷발이 완전히 가려져서 키 작은 사람이 서 있는 것처럼 보이지. 종류도 다양해서 마이클 잭슨, 요다, 엘비스 프레슬리, 드라큘라 의상 등이 있어. 이 의상의 최악의 결점은 우리가 의상의 인물을 잡아먹고 그 탈을 뒤집어쓴 것 같은 인상을 준다는 거야.

[개들의 푸념]

이제 이런 짓, 그만둘 때도 되었잖아?

[개들의 푸념]

어디서부터 잘못된 것인지 말할 생각조차 안 드네...

39. 패션(79쪽) 참조

27. 가랑이 쿵쿵대기

'아틀란티스는 실제 했었는지, 케네디는 누가 죽였는지, UFO의 정체
는 무엇인지' 아마도 이런 것들이 인간 세계의 가장 큰 미스터리일 거
야. 그럼 우리 개에 대해서 인간이 가장 궁금해하는 것이 뭘까? 단연
코 우리 견공들이 왜 인간의 가랑이 사이에 쿵쿵대는지 일 거야.

오랫동안 답을 찾던 인간들이 내린 결론은 아마 우리가 반갑다고
인사를 하는 방식, 또는 정보를 수집하기 위해서라는 잠정 결론에 도
달한 모양이야.

정말? 세상은 온갖 다양한 냄새들로 넘쳐나는데, 특히 음식 썩는
냄새나 다른 개들의 오줌 냄새처럼 끝내주는 냄새를 다 놔두고 사람
의 가랑이 냄새를 좋아한다고 생각하는 것은 아니겠지?

그럴 리가 있겠어? 우리가 사람의 가랑이 냄새를 맡는 이유는 사
람들이 당황하는 모습을 보는 재미가 아주 꿀맛이거든.

언제 가랑이 냄새를 맡아야 하는가?

주인이 손님과 함께 있을 때가 바로 최적의 순간이야. 만약 데이
트 중이라던가 직장상사와 함께 있다면 금상첨화야. 너의 목적은 주
인을 최고로 당황하게 만들어 상대방으로 하여금 다음의 시나리오를

상상하게 만드는 거야.

1. '개가 좋아할 만한 냄새라는 건...'
2. '음... 오랫동안 씻지 않았나?'
3. '혹시 속옷에 마약을 숨기고 있지는 않겠지?'

28. 저녁 식사

개들이 가장 기다리는 시간이 언제인 줄 알아? 산책? 아니야. 공놀이도 아니라고. 바로 밥 먹는 시간, 그중에서도 저녁이 최고지.

저녁 먹는 것보다 더 좋은 것은 세상에 딱 하나밖에 없어. 저녁 두 번 먹기. 주인이 저녁을 이미 준줄 모르고 다시 줄 때가 있으니까. 우리 개들에게는 생체 시계가 있어서 언제가 밥때인 줄 딱 알 수가 있어. 약 2분 내외의 오차로 정확하게. 장기적으로 봤을 때, 우리의 배꼽시계는 원자시계만큼이나 정밀해질 거야.

보통 우리 개들은 전용 밥그릇을 가지고 있는데, 가끔 밥그릇 하나를 여러 개가 공유하는 경우도 있어. 주인은 훈련을 시키면 우리가 순번에 맞춰서 밥을 먹을 거라고 생각하는 것 같아. 내 생각은? 미션 임파서블!

가끔 주인들이 식사 시간과 관계없이 밥 먹자고 부르는 경우가 있어서 혼란스러울 수도 있지만, 곧 익숙해지니까 걱정하지 않아도 괜찮아.

[개들의 푸념]

배가 고픕니다요. 언제까지 이 자세로 기다리나요. 주인님.

29. 애견 감시카메라

'동물농장'과 '1984'의 저자 조지 오웰이 안다면 뒷목을 잡을 사악한 장치가 있어. '애견 CCTV'라고도 불리는 녀석인데 소형 캠이고 마이크가 달린 것도 있어. 이 녀석을 우리 견공들의 활동 구역에 전략적으로 배치하고 우리의 일거수일투족을 지켜보지. 물론 주인이 외출할 때 우리가 잘 지내는지 걱정해서 요 녀석을 설치했겠지만, 음모설도 엄연히 존재해. 우리가 주인이 나가고 나면 옷장에서 옷을 찾아 입고는 두 다리로 집 안을 활보하고 다닌다는 등의. 물론 믿거나 말거나지만.

주로 벽난로 위처럼 우리의 손이 닿기 힘들지만 우리의 활동을 지켜볼 수 있는 곳에 놓이는데, 보통 작동될 때면 조그만 빨간 불이 들어오지. 긍정적인 자세가 필요해. 캠을 피해 다니며 주눅들 필요가 없어. 카메라가 켜졌으니까 까짓것 배우처럼 연기를 해보자고.

감시카메라를 이용해서 주인을 놀려먹는 방법

1. 숨을 참고 움직이지 말고 죽은 척하기.
2. 다리를 들어서 소파에 쉬하는 척하기.
3. 카메라를 빤히 쳐다봐. 마치 네가 주인의 얼굴이 보이는 것처

럼. 그리고 카메라에서 떨어져서 못 볼 것을 봤다는 듯이 헛구역질을 해봐. 그리고 다시 카메라로 다가가서 빤히 쳐다보고는 다시 괜히 봤다는 듯이 헛구역질을 해봐.

4. 카메라 앵글에서 벗어났다가 다시 들어와서는, 방금 응가를 한 척을 해. 그리고 주인이 아끼는 카펫에 엉덩이를 문질러봐. 작업에 심취한 화가처럼 붓으로 그림을 그리듯.

5. 카메라를 보고 크게 울부짖어. 늑대처럼이 아닌 버림받은 개처럼, 상처받은 개처럼, 한 번도 울부짖어 본 적 없었던 것처럼! 주인이 죄책감에 최고급 소시지를 사들고 돌아올 수 있게.

[개들의 푸념]

주인이 집에 없을 때 무엇을 하든 우리 견공의 자유야. 카메라의 범위를 파악해서 시생활을 지키라고!

30. 동물 심리 상담사

너는 아마도 주인이 '도그 슈링크(dog shrink)'라고 말하는 소리를 들어 본 적이 있을 거야. 걱정할 것 없어. 커다란 셰퍼드가 들어가서 조그만 푸들이 되어 나오는 그런 건 아니니까. (역자 주: shrink는 정신과 의사, 심리 상담사라는 뜻 이외에 '줄어들게 하다'라는 뜻이 있음) 주인이 뜻하는 것은 '동물 심리 상담사'를 말하는 거지. 소위 동물들의 비정상적 행동의 원인을 찾아준다면서, 주인들의 지갑을 열게 만드는 사람들이야. 그리고 하는 일이라고는 우리의 행동을 한동안 관찰하고서는 우리가 카펫에 응가를 하는 이유가 유아기에 엄마가 덜 핥아줘서 그렇다는 개소리를 하는 것이 전부지.

[개들의 푸념]

나의 심리 상담 결과를 들려주겠다고 소파에 편하게 앉으라더라고. 그래서 앉았더니만, 나보고는 소파에서 내려오라는 거야. 어쩌라는 거지? 앉으라는 거야, 말라는 거야. 이제 왜 내가 정서가 불안한지 알겠지?

---

31. 도그 쇼

세상의 모든 주인들은 자신의 개가 세상에서 제일 잘난 줄 알아. 세상에서 가장 귀여운 푸들, 가장 늠름한 시베리안 허스키와 함께 살고 있다고 말이야. 하지만 그런 생각에 홀딱 빠져서 도그 쇼에서의 수상은 떼어 놓은 당상이라고 여긴다면 꿈 깨시라.

도그 쇼에서 수상하려면 객관적인 심사를 거쳐야만 해. 털 한 올에도 윤기가 흐르게끔 관리해야 하지. 하지만 그보다 더 중요한 것은 두꺼운 낯짝이야. 인간들의 미인대회를 연상하면 이해가 쉬울 거야. 많은 사람 앞에서 내가 제일 잘났다는 듯이 당당하게 행동해야 하고 함께 경쟁하는 '진짜 잘난 개'들에게도 기가 눌려선 안 되니까 말이야.

도그 쇼에 출전하는 개들의 목적은 물론 우승해서 주인을 기쁘게 해주려는 것은 아니야. 오히려 떨어졌을 때 낙담하는 주인을 보고 재미를 느끼는 녀석들도 있으니까 말이야. 그보다는 우승했을 때 주어지는 반짝거리는 메달과 앞으로 넘쳐날 맛있는 간식들이지. 그리고 무엇보다도 서열을 가리는 우리의 본성상 수많은 개들을 제치고 우승을 하면 우두머리가 된 듯한 기분이 들지.

도그 쇼는 프로급과 아마추어급으로 나눌 수 있어.

프로급 대회의 특징

1. 심사위원들의 표정이 하나 같이 로봇처럼 딱딱해.
2. 역설적이게도 네가 개처럼 행동한다면 탈락 확정이야. 짖는다든지, 꼬리를 마구 흔든다든지, 사람을 보고 반가워하는 것 같은 행동은 금물이야.
3. 대회 시작 전과 진행 도중 주인의 표정은 심각 그 자체야.

아마추어급 대회의 특징

1. 수상 선정 분야 중 '개 애처로운 눈'이나 '꼬리 흔들기 왕'과 같은 것이 있지.
2. 네가 심사 도중 똥을 누면 사람들이 박장대소를 하지.
3. 심볼이 없어도 전혀 문제가 되지 않아.

수상을 위한 10가지 조언

1. 절대 심사위원의 가랑이 사이의 냄새를 맡으려고 하지 마. 심사위원의 눈만 똑바로 쳐다보라고.
2. 머리를 항상 높이 들어. 마치 이미 수상을 한 듯이 행동해. 미친 개 같겠지만 속으로 계속 되뇌어봐. '내가 왕이다. 내가 왕이다.'
3. 주인이 너보다 더 긴장해 있다는 사실에 위안을 얻어. (주인은 네가 갑자기 심볼을 핥을까 봐 노심초사한다고.)
4. 대회 시작 전에 꼭 용변을 보도록! 두고 보라고. 대회가 시작되면 내 말 듣기를 잘했다고 수없이 생각하게 될 테니까.
5. 항상 좋은 자세를 유지해. 턱은 세워서 땅과 평행이 되도록 하고 등은 곧게 뻗어. 그리고 무엇보다 걸을 때는 세상 건방진 태도를 견지하도록.
6. 전날에 잠을 푹 자두도록. 평소처럼 12~14시간 말고 18시간 이

상의 수면이 좋겠어.

7. 간식에 흔들리지 마. 지금의 멋진 몸을 유지하느라 했던 고생들을 생각해. 고지가 코앞이라고!

8. 옆에 헝가리안 비즐라가 너무 당당해 보여도, 포메라니안이 인형같이 귀여워 보여도 절대로 절대로 주눅 들지 마! 니들도 썩 괜찮으니까. 못생긴 게 아니라고. (샤페이, 내가 하는 말이 뭔 줄 알지?)

9. 무대에 올라서야 할 때를 놓쳐선 안 돼! 졸다가 자기 순서를 놓치는 개에게 우승이란 너무 먼 이야기야. 좀 꾸미고 오느라 늦었어요 같은 변명도 안 통하는 대회라고.

10. 항상 신사처럼 행동해. 너의 신경을 긁어대는 개들이 있겠지만 (잊지 마. 지금 너는 자아도취에 빠진 개들 사이에 있다는 것을), 끝까지 참도록. 대회가 끝나고서 물어뜯을 시간은 충분하니까.

[개들의 푸념]

승자는 절대 포기하지 않고, 모든 걸 가져가게 되지.
개똥까지도 다 내 거라고.

[개들의 푸념]

이번 도그 쇼의 심사 기준이 뭔지 알아? 혹시 누가 더 줄리아 로버츠를 닮았는지가 기준이었으면 좋겠는데 말이야.

---

32. 도그 휘슬

우리 개들만 들을 수 있는 초음파 음역대의 소리를 내는 휘슬이야. 이것을 만든 인간은 좋은 훈련 도구를 발명했다고 의기양양하겠지만, 우리 개들은 아주 죽을 맛이야. 아직 못 들어 본 개가 있다면 전생에 나라를 구했다고 생각해. 얼마나 귀에 거슬리고 짜증이 나는지 차라리 고양이의 앙칼진 비명 소리를 듣고 말지.

[개들의 푸념]

라라라라! 안 들려~ 안 들려~ 나는 아무것도 안 들린다...

33. 개 요가

혹시 주인이 지어 준 이름이 이오카스테, 아르테미스 같은 거라거나 혹은 들어본 적도 없고 발음하기도 힘든 이름의 치즈를 주인이 즐긴다거나 한다면... 일반화하려는 것은 아니지만 너는 이미 개 요가를 경험했거나 앞으로 할 거라고 생각해도 좋아.

개 요가는 미국에서 시작되었지. 주로 개와 평상시 잘 놀아주지 못하거나 산책에 박했던 주인들이 이런 값비싸고 독특한 운동을 선호해. 일종의 보상심리로 자신의 개에 대한 미안함을 덜기 위한 행동이랄까. 문제는 우리 견공들에게는 산책이 훨씬 좋다는 거야. 몸에도 그리고 마음에도.

이상한 자세를 취하고 유지하는 것이 인간의 육체와 정신을 어떻게 건강하게 만들어주는지는 모르지만, 이게 개들의 스트레스를 해소시키고 정신을 함양시켜준다는 주장은 아무리 생각해도 '개소리' 지.

내 생각에 주인이 개를 이런 곳에 데리고 가는 이유는 단 한 가지야. 회사 동료나 이웃, 친구들에게 자랑하고 싶은 거야. '혹시 개 요가라고 알아?'

[개들의 푸념]

그들은 내가 평화로운 참선의 상태에 들어간 거라고 말했지만, 나는 카펫에 실례를 했을 뿐이고....

---

34. 침 흘리기

개들 사이에선 '만능 물'이라고 불릴 정도로 여러 용도로 사용이 되는 것이 바로 '침'이야. 우리 견공들은 침을 잘 흘리고 다니는데 이건 우리가 절대 칠칠찮아서 그런 것이 아니라고. 침은 효소와 화학물질의 결합으로서 음식물을 분해하고 소화를 돕고, 산을 중화시키고, 음식 맛을 감별할 때도 도움을 줘. 그뿐만이 아니라 치아를 코팅해서 박테리아를 없애주고 상처가 덧나지 않게 해주지.

하지만 가장 중요한 기능이 아직 남아 있어. 먹는 것이든 장난감이든 내 거다 싶은 것에 침을 발라 찜해 놓는 기능이 있어. 주인도 우리의 의견을 존중하는지 우리가 침 발라 놓은 것은 절대 먹지 않지.

35. 몸 털기

목욕을 하는 데도 좋은 점이 있어. 그럴 리 없다고? 아니야, 내 말을 들어봐. 딱 하나 있어. 끔찍한 목욕을 마치고 난 후, 온몸을 털어서 몸을 말릴 때는 아주 상쾌한 기분이 들거든. 특히 사방으로 튄 물에 주인이 젖는 모습을 보면... 복수는 달콤하고 축축하지.

몸을 털어서 말리는 방법

　장난해? 너는 개야. 수백만 년의 진화의 결정판이야. 너의 본능이 기억하는 것을 내가 굳이 알려줘야겠어?

　물론, 몸을 털어서 말리는 일을 꼭 목욕 후에만 하란 법은 없어. 비에 흠뻑 젖었을 때도, 동네 개울이나 강에 빠졌을 때도, 너는 그 몸을 흔들어 물을 사방에 뿌리는 신나는 놀이를 할 수 있어. 더 많은 사람에게, 더 많은 범위에 물기를 털어버릴수록 너의 즐거움과 엔트로피 수치는 높아지지. 다음은 100마리의 견공들에게 물어서 작성한 몸 털어 말리기 놀이 점수표야. 신기록을 세우는 데 참고하라고!!

몸을 털어 댈 대상	점수
주인	5
낯선 사람	10
연인들	15
피크닉을 즐기는 가족들	20
웨딩촬영하는 신부	30
일광욕을 즐기는 사람	40

※ 주인 외의 사람들이 주인에게 화를 내면 5점 보너스 추가!!

7. 목욕 시간(18쪽), 91. 수영하기(153쪽) 참조

36. 똥 먹기

이 습관에 관해서는 한 가지만 말해주고 싶어.

할 수 있는 것이라고 해서, 꼭 해야만 하는 것은 아니야.

37. 엘리자베션 칼라(넥칼라, 목칼라)

아무리 이름이 고상하고 우아해도 진실을 가리지는 못해. 이 '치욕의

'고깔'은 전 세계 모든 개들에게 수치심과 절망감을 안겨주지.

> **장점:** 상처나 감염 부위를 핥거나 긁는 것을 막아줘.
>
> **단점:** 이런 패션을 하고는 아무도 꼬실 수 없지.
>
> **요약:** 심볼을 핥을 수 없게 되면 얼마나 많은 여가 시간이 생기는지 깜짝 놀랄 거야.

치욕의 고깔을 쓰고도 품위를 유지하는 법

미안하지만, 전등갓을 뒤집어쓰고는 그 누구도 위엄을 논할 수 없어. 그 누구도... 물론 동료들에게 썰을 풀 수는 있겠지. 더 멀리 있는 소리를 모아서 들을 수 있는 최신장치라고. 또는 장난감을 이방 저방 옮기거나 간식을 담아두기도 아주 좋다고 침을 튀기면서 주장할 수도 있어. 그래도 솔직히 너라면 그걸 믿겠니?

[개들의 푸념]

나도 알아. 한번 써 볼래? 너라고 안 웃길 거 같아?

---

38. 운동

운동의 적정량은 나이, 품종, 건강 상태에 따라 다 달라.

생후 3달의 잭 러셀 테리어가 10살 된 래브라도 리트리버보다는 당연히 더 많은 운동이 필요하겠지. 물론 네가 바셋하운드라면 나이와 상관없이 온종일 방구석에만 있어도 상관없겠지만 말이야. 운동이라고 해도 보통 목줄을 하고서 주인과 산책하는 것이 전부이겠지만, 운이 좋다면 목줄 없이 공원, 들판이나 해변을 뛰어다닐 수 있을지도 몰라. 만약 주인이 조깅, 사이클 또는 인라인 스케이팅을 즐긴다면 고생을 각오해야 할지도 모르지.

운동이 너무 힘들다면, 갑자기 주인의 경로로 뛰어들어 봐. 깜짝 놀라는 모습에 스트레스 해소도 되고 운이 좋으면 주인이 운동을 멈출 수도 있으니까. 물론 충돌이라는 대참사가 없다는 가정하에서야.

사실, 우리 견공은 건강을 위한 격렬한 운동이 필요하지는 않아. 우리의 일상 그 자체가 많은 칼로리를 소비시키니까. 못 믿겠다면, 너의 일상을 함께 되돌아보자고!

견공의 일상과 소비되는 칼로리

일상	칼로리 소비
꼬리잡기	16
새나 다람쥐 쫓아다니기	20
벨이 울리면 왔다 갔다 뛰어다니기	22
들어가면 안 되는 곳에 기어들어 가기	9
무엇이든 주인이 못하게 제지하려고 하면 냅다 도망가기	15
주인이 문 열면 먼저 재빨리 현관 들어가기	6
세탁할 양말을 물어다가 집 어딘가에 숨기기	8
그냥 집에서 주인을 계속 따라다니기	21
소파에 뛰어오르기	8
소파에서 뛰어내리기	5
주인이 읽고 있는 신문이나 잡지 계속 긁기	4
신발 물어뜯기	10
신발 숨기기	14
바닥에 앉아 똥꼬 밀고 다니기(미터 당)	6
쓰레기 봉지 속에 무엇이 들어있나 발로 헤집으면서 놀기	4
주인이 식사 중일 때 보란 듯이 심볼 핥기	3
필사적으로 목욕에 저항하기	19
진공청소기로부터 도망치기	11
털 흘리기	1

[개들의 푸념]

내가 매일 열심히 하는 운동이야. 오늘은 왼쪽으로 몸을 돌렸어.
내일은 오른쪽으로 돌려야지.

[개들의 푸념]

이걸로 뭘 하라고???

17. 비만(36쪽) 참조

39. 패션(코트에 대한 고찰)

주인들이 우리에게 코트를 입히는 것은 정말 난센스야. 첫째, 우리는
사시사철 자연산 코트를 입고 있어. 방수에 보온효과도 좋다고. 둘
째, 어차피 비가 오거나 추우면 주인은 우리를 데리고 산책을 나가고
싶어 하지 않지.

　그래도 주인이 강제로 꼭 코트를 입힌다면 그건 네 몸을 보호하기
위해서라기보다는 코트를 일종의 액세서리로 사용한다고 보면 될 거
야. 한마디로 패션용이라고.

개 코트의 종류

• **타탄** (역자 주: 스코틀랜드인이 걸치던 모직물)

네가 스코티시 테리어, 케언 테리어, 웨스트 하이랜드 테리어 또는
셰틀랜드 쉽독이라면 타탄을 입었다고 놀림감이 되지는 않을 거야.
보더 콜리에 대해서는 아직 의견이 분분해.

• **밀리터리 룩**

네가 이 옷을 입고 있다면 가능성은 3가지지.

1. 네가 군 생활을 하고 있거나

2. 폭탄탐지견이거나

3. 아니면 주인이 밀덕이거나

• **플리스 개 재킷**

엄격하게 말하면 코트는 아니야.
둥글게 목을 감싸고 앞발과 몸통을
감싸주는데, 종류에 따라 꼬리까지
커버하는 것도 있어. 네가 로트와일러,
도베르만, 바이마라너라면 피하는 게 좋겠어.
개라기보다는 유보트 함장처럼 보이거든.

• 세로 줄무늬 코트

네가 퍼그, 치와와, 포메라니안, 시추, 페키니즈라면 적극 추천해. 키가 커 보이는 효과가 있거든.

• 검은 비닐 재킷

주인은 스스로 패션 감각이 있다고 생각할지 모르지만, 유행도 유행 나름인 거고, 무엇보다 개가 입으면 쓰레기봉투에 몸이 낀 것처럼 보이니까, 놀림감이 되기 싫다면 최대한 멀리하도록!

• 턱시도

거울에 비친 나비넥타이, 흰색 와이셔츠와 검은 턱시도를 입은 자신을 본다면 잠시 자신이 제임스 본드라도 된 것 같을 거야. 하지만 곧 알게 되지. 대사관에서 열리는 파티나 정치후원금 모금 파티 같은 곳은 갈 일이 없다는 것을. 주인이 이 옷을 입히고 동네 마트를 데리고 가면, 정말 아는 개라도 마주칠까 봐 겁이 날 거야.

• 가죽 코트

영화가 사람을 다 버려놓는 대표적인 경우야. '매트릭스'에나 나올 법한 꽉 끼는 가죽 코트를 입고 동네를 산책할 때면, 자신감이 치솟는 것이 아니라 고개를 숙이고 계속 땅만 보고 걷게 마련이지.

• 탐험가용 코트

주인이 베어 그릴스와 같은 탐험가나 야생 생존 전문가가 출연하는 프로를 즐겨 본다면, 이런 옷을 자주 입게 될 거야. 방수, 방한은 물론 강한 바람에도 끄떡없지. 이런 옷의 브랜드들은 이름도 '스톰가드'나 '에베레스트'처럼 거창하고 '얼티메이트' 같은 수식이 따라붙지. 그래서 따뜻하냐고? 물론이지. 어떤 험한 날씨와 장소에서도 네 몸을 보호해 줄 거야. 하지만 대형매장 밖에서 홍보하는 마스코트나 입간판 본 적 있지? 그래, 네가 딱 그런 느낌이야.

[개들의 푸념]

늘 이런 꼴로 다녀야 하는데, 내 이름이 '해피'인 게 좀 반어적이라고 생각되지 않니?

---

26. 코스튬(57쪽) 참조

40. 물어오기 놀이

네가 하룻강아지라면 이 단순한 놀이가 세상에서 가장 멋지게 보일 거야. 하기도 쉽고, 남아도는 에너지도 발산할 수 있으니까. 하지만 나이가 들면서, 한때 그렇게 마음을 들뜨게 하던 게임에 시들해진 자신을 발견하더라도 너무 놀라지는 말아.

네가 힘이 넘치는 강아지이든, 누워서 한숨 자는 것이 더 좋은 나이든 개이든 간에 꼭 기억해야 할 것이 있어. 이 게임에는 주인 버전과 개 버전이 있고 각각 다른 룰을 가지고 있다는 것을.

물어오기 놀이 방법

• 구성원

아주 간단해. 뭔가를 던져줄 주인과 그것을 물어올 개.

• 준비물

신경 쓸 필요 없어. 그냥 주인이 던져주는 것이라고 생각해. 보통은 공, 막대기 혹은 프리스비 정도야. 프리스비는 여러 가지로 마땅치 않지만, 부메랑은 절대로 상대하지 말도록.

• 장소

평평하고 넓은 곳이면 어느 곳이든 대환영. 뒷마당, 공원, 해변 그리고 운동장도 괜찮아.

· 게임 시간

일반적인 게임과는 다르게 시간제한이 따로 없어. 던져주는 주인이나 그것을 물어다 주는 개, 둘 중 하나가 먼저 지루해질 때까지야. 십중팔구 개가 먼저 지루해하지.

· 던진 척하기

우리 견공에게는 이것도 엄연히 게임이고 스포츠인데, 아무것도 던지지 않고 던진 척하는 것은 정말 비신사적인 행위야. 스포츠 정신에 어긋나지. 그래도 이런 장난을 하고 재미있다고 웃는 주인을 너무 원망하지 마. 인생이 얼마나 재미가 없으면 개나 놀리고 있겠어? 같이 놀아줄 친구도 분명 없을 거야.

물어오기 놀이의 두 가지 버전

· 주인 버전

1. 주인이 뭔가를 던진다.

2. 개가 그것을 쫓아간다.

3. 그것을 개가 입으로 문다.

4. 그것을 주인에게 가져다준다.

5. 1~4단계를 반복한다.

- **개 버전**

1. 주인이 뭔가를 던진다.

2. 개가 그것을 쫓아간다.

3. 그것을 개가 입으로 문다.

4. 개가 거기에 앉아서는 공을 떨어트린다.

5. 주인이 '가져와!'라고 소리치는 소리가 점점 높아진다.

6. 개가 주인의 말을 못 들은 척한다.

7. 공이 놓인 그 자리에 가만히 앉아 있거나, 공 주위로 그냥 뛰어다닌다.

8. 주인이 한숨을 쉬고는, 어쩔 수 없다는 듯이 터덜터덜 걸어와서 공을 줍는다.

9. 1~8단계를 반복한다.

눈 공에 속지 마!

겨울철에 주인이 때로 눈으로 만든 공을 던지고는 '물어와'라고 소리칠 때가 있어. 이러면 우리 개들은 공을 찾느라고 어리둥절해 하고 주인은 즐겁다는 듯이 웃어. 눈으로 만든 공은 땅에 떨어지는 순간 부서져서 찾을 수가 없다는 것을 기억해둬. 그래야 주인의 못된 장난에 속지 않을 테니까.

4. 공 던지기 장난감(13쪽), 47. 프리스비(97쪽) 참조

41. 폭죽 소리

나의 동료들과 함께한 연구에 따르면, 개들을 불쾌하게 만드는 베스트 5 소리가 있어. 폭죽, 못 들어줄 남자 가수의 가성, 천둥, 벨 소리, 그리고 진공청소기. 순위별로 말한 거야.

아직 폭죽 소리를 들어보지 못했다면 운이 참 좋은 셈이야. 원자폭탄과 더불어 인류가 만든 가장 파괴적인 발명품이야. 펑 하고 굉음을 내며 터지면서 빛과 연기를 뿜어내 우리 견공들을 떨게 만들지.

신년 축제 등 주로 인간들이 무엇인가를 기념하는 날에 이 녀석들을 만날 수 있는데, 불행히도 요즘은 불꽃 축제 같은 것이 느는 추세야. 세상이 점점 살기 힘들어지고 있다는 것은 사실인 것 같아.

일부 동물행동학자가 주장하는 불꽃놀이 치료법이 하나 있어. CD 등에 폭죽 소리를 녹음해서 아주 작은 소리로 들려주는 거야. 그러다

가 점차 소리를 키우면서 들려주면, 우리가 위협을 느끼지 않으면서 폭죽 소리에 적응할 수 있다는 것이 주장의 핵심이야. 효과는 있냐고? 간혹 적응하는 경우도 있지만, 그 반대의 경우도 많아. 오히려 트라우마가 생길 수도 있어. 마치 공포영화에서 서서히 긴장을 고조시키는 것에 스트레스를 받게 되는 것처럼 말이야.

네가 전자인지 후자인지 모험을 걸 필요가 있겠어? 주인이 이 CD를 꺼낸다면 재빨리 물어뜯어서 후환을 없애버릴 것을 추천해.

불꽃놀이 축제 때 해도 되는 것과 하지 말아야 할 것

• 불꽃놀이가 벌어질 때, 마당에는 얼씬도 하지 마. 만용과 용기는 엄연히 다른 거라고.

• 불꽃놀이가 있는 날은 미리 밥을 챙겨 먹는 것이 좋아. 일단 불꽃놀이가 시작되면 긴장되어 밥이 안 넘어갈지도 모르니까.

• 불꽃놀이 하는 곳에 데려가 달라고 주인에게 조르지 마. 외상 후 스트레스 장애에 시달릴지도 몰라.

• 텔레비전을 켜달라고 주인에게 조르는 것도 좋은 방법이야. 평소에 짜증 나던 시끄러운 예능 방송이 폭죽 소리를 가려줄 테니까.

• 평상시 대피 장소를 한 곳 알아두는 것도 괜찮아. 폭죽 소리가 잘 안 들리고 마음이 편안해지는 곳으로. 네가 도베르만이든 닥

스훈트든 가구 밑에 숨어도 아무도 욕하지 않을 거야.

• 하늘의 불꽃에 대고 짖지 마. 그 녀석들은 겁을 먹지도 않고, 들을 수도 없으니까.

95 천둥과 번개(160쪽) 참조

42. 벼룩, 이, 진드기

우리 견공들에 붙어사는 기생충들은 하나 같이 날강도들이야. 찌르레기는 하마의 등에서 죽은 기생충들을 잡아먹고, 빨판상어는 상어에 붙어서 음식 찌꺼기를 먹어치워 준다고. 그런데 불행히도 우리 몸에 붙어사는 놈들 중 이 상부상조의 정신을 아는 놈은 하나도 없지.

우리 몸에 붙어사는 기생충들에 대하여

• 벼룩

이놈들이 몸에 있어서 나타나는 증상도 괴롭지만 (간지럽고, 감염 부위를 긁거나 문다), 더 싫은 것은 치료방법이야. 주인이 물약, 파우더, 스프레이 등을 사용해준다면 그나마 운이 좋은 거야. 목욕을 '제대로' 시키거나, 벼룩 방지용 깔때기라도 목에 씌운다면 실시간 검색 순위 1위, 동네 모든 개들이 네가 벼룩을 가지고 있다는 사실을 알게 된다고.

•이

벼룩보다 흔하지 않지만, 몸에 이가 있다는 것은 남의 똥을 훔쳐 먹다 옆집 개와 눈이 마주친 것보다 더 쪽 팔린 일이야. 감염되면 털이 빠지기도 하고, 치료법으로 주인이 털을 밀어버리기도 하니까. 아무리 패션이라고 우겨도 정신승리일 뿐이지. 대머리가 더 섹시하다고 말하는 사람도 있고, 더 남자답다고 주장하는 사람도 있지만, 그건 인간들의 얘기일 뿐이라고. 털 없는 아프간하운드가 섹시할 거 같아?

•집 진드기

진드기가 몸에 옮는다면 벼룩과 동거하던 시절이 그리워질 거야. 이놈은 기생충의 끝판왕 같은 놈이야. 작아서 눈에 보이지도 않는데, 이 작은 놈이 발톱을 가지고 있어. 게다가 몸에 알을 낳고 전염성도

강하다고. 기생충으로선 모든 것을 가진 놈이지. 어째 글을 읽고 있는 것만으로 괜히 몸이 간지럽지 않아?

• 야생 진드기

풀이 있는 곳을 오랫동안 산책하면 이 지독한 놈이 달라붙을 수 있어. 큰 진드기라고 할 수 있는데 별명이 기생충계의 '흡혈귀'야. 딜이 적은 부분을 찾아서 파고들어 숨어 있어. 그래서 얼굴, 목, 다리 안쪽과 우리의 심볼이 자리 잡고 있는 바로 그곳이 가장 취약한 부분이야.

그런데 이 녀석들이 무서운 것은 질병과 감염에 대한 위험 때문만이 아니야. 바로 선무당이 사람, 아니 개를 잡는다고, 어설픈 민간요법으로 무장한 주인이 검증되지 않은 방법으로 '치료'하려고 한다는 거야. 이 민간요법 '치료제'로는 아세톤 같은 매니큐어 제거제, 버터, 심지어는 등유도 있어. 이걸 연고처럼 발라주는 거야. 최악의 민간요법은 이 녀석을 불로 지져 죽이겠다는 생각이야.

명심해! 만약 주인이 담배나 성냥을 들고 평소와 다른 모습으로 다가온다면, 뒤도 보지 말고 냅다 뛰어! 심볼이라도 그슬린다면 '흡혈귀' 녀석이 주는 고통은 애교처럼 느껴질 테니까.

43. 음식

우리 개들에게 소시지를 먹고 이어서 케이크를 먹고 이어서 진한 크림소스의 스파게티를 먹을 기회가 있다면, 그야말로 개 환영이지. 인간은 이런 음식 조합과 순서를 좋아하지 않겠지만, 우리 개들은 맛에 관한 한 까다롭지 않고 개방적이지. 우리 개들이 명심해야 할 것은 단 한 가지야.

산은 산이고, 물은 물이고, 음식은 음식이로다.

입에 넣을 수 있는 것은 다 먹을 수 있고, 먹을 수 있는 것은 다 음식이야.

44. 냄새

사람들은 이해하지 못하지. 왜 우리 견공들이 지독한 냄새에 때로 환장하는지. 그냥 그건 우리 견공들의 개취로 인정해줬으면 좋겠는데 말이야. 개의 취향. 아마 이 개취 중 가장 인간을 당혹하게 하는 것이 있다면, 그건 바로 여우 똥일 거야.

한 번 상상해봐. 화사한 날씨에 따사로운 햇살이 기분 좋게 털을 쓰다듬고 바람이 실어오는 각양각색의 냄새에 취해 있는 더없이 아름다운 날을 말이야. 바로 그 순간 여우 똥 냄새가 후각을 자극하지. 빙고! 마치 무엇에 홀린 듯 냄새를 따라가면 어김없이 그곳엔 여우 똥이 있어. 우리도 알아. 문명화된 우리가 이렇게 행동하면 안 된다는 것을. 하지만 어느 순간 그 똥에 몸을 문질러대고 있는 자신을 발견하게 되지. 너무 자책하지 마.

이 또한 우리 선조들, 즉 늑대의 시대로 거슬러 올라가야 여우 똥에 왜 우리가 저항할 수 없는지 이해할 수 있어. 그 야생의 시대에 우리는 사냥을 해서 배를 채웠는데, 그러려면 아주 조심해서 먹이에 접근해야 했고, 여우 똥은 개 혹은 늑대 특유의 냄새를 감추는 데 효과가 그만이었어. 지금 그 사냥 본능은 밥통에 담긴 사료에 돌진하는 데밖에 쓸 일이 없지만, 여우 똥으로 냄새를 감추고자 하는 본능은 여전히 유전자를 통해 우리에게 내려온 거지. 이렇게 우리가 위장술에 사용하는 거부할 수 없는 냄새들은 또 뭐가 있을까?

• 여우 똥

여우 똥은 썩은 냄새의 네이팜 같은 존재지. 뭐 걱정하지 마. 불이 붙지는 않으니까. 그 지독한 냄새도 죽이지만, 이게 털에 엉겨 붙으면, 잘 떨어지지도 않아서 계속 맡을 수 있지. 그러니 우리 견공계의 샤넬 향수라고나 할까.

• 쇠똥과 말똥 거름

도시에 산다면 좀처럼 만나보기 힘든 귀한 냄새들이야. 혹 야외의 농장이라도 간다면 이 끈적거리고 지독한 냄새에 홀딱 빠져버릴지도 몰라.

• 동물 사체

종류는 상관없어. 때로는 차도나 길가의 쥐, 여우, 다람쥐, 고양이나 새일 수도 있고, 해변이라면 갈매기일 수도 있어. 운이 좋다면, 부패가 이미 시작된 냄새 맡기 딱 좋은 상태의 물고기 사체를 발견할 수도 있어. 인간의 발효식품인 치즈나 김치에 비유하자면, 맛이 들었다고나 할까.

• 오래된 음식

오래된 음식을 찾기 가장 좋은 곳은 쓰레기통이야. 자신의 본능을 믿고 통속에 온몸을 던져 안의 내용물을 헤집다 보면 이미 굳은 스파게티나 토마토소스를 발견할 수도 있고, 썩은 냄새를 풍기는 닭고기가 나올 수도 있어. 운이 좋으면 그 위에 몸을 뒹굴어도 될 정도의 양이 나오기도 해.

• 토사물

너무 까다롭게 굴 필요는 없어. 그 토사물은 개들 것일 수도, 고양이의 것일 수도, 심지어 인간의 것일 수도 있어. 만약 산책로가 주점을 가로지른다면 후자일 가능성이 농후하지만 말이야.

[개들의 푸념]

여우 똥이다! 영원한 샤넬 넘버 5!

45. 여우

인간도 생물학적으로 한 종이지만 평화로운 종족은 아니잖아? 우리 개들도 마찬가지야. 서로 다른 품종끼리 으르렁거리기 일쑤야. 하지만 모든 개가 공유하는 것이 있는데, 그건 여우를 진짜 진짜 싫어한다는 거야. 여우도 갯과에 속하니까 비유하자면 생태계의 이복형제 같은 거야. 사이가 좋을 리 없잖아? 그렇다고 우리 견공에게 왜 그렇게 여우를 싫어하느냐고 묻는다면 딱히 이거다 하는 것은 없어. 그냥 싫은 거야.

유전적으로 우리와 비슷하다고 하지만, 이 녀석들은 나무도 오를 줄 알고, 손톱도 안으로 집어넣을 수 있어. 마치 고양이처럼. 그리고 고양이처럼 먹이를 덮쳐서 잡고, 또 고양이와 같은 수직형 동공을 가지고 있지. 마치 고양이처럼 말이야.

음... 그래, 왜 우리가 여우를 싫어하는지 알 것도 같아.

46. 냉장고

부엌에 우뚝 솟은 하얀색 상자를 본 적이 있나? 얼핏 보면 주인이 사용하는 가구 중 하나인 것처럼 보이지만, 이 하얀색 상자는 다른 차원의 세계로 연결되는 신비한 문이지.

마치 '나니아 연대기'에 나오는 옷장의 문처럼.

주인이 이 문을 여는 것을 본 적이 있다면 알 거야. 수태고지가 이런 느낌일까? 주인이 살짝 연 냉장고 문 사이로 마치 하늘에서 한 줄기 빛이 내려오는 것 같아. 천사들이 내려와서 노래를 부르고... 그래 적어도 내 머릿속에는 분명 천사가 나팔을 불어댄다고. '천국이 가까이 왔다~ 천국이 가까이 왔다~'하고 말이야. 냉장고 속 별세계에는 베이컨, 소시지, 소고기와 각양각색의 간식들이 들어있지. 하루에도 이 천국 문은 수시로 열리는데 주인은 어리석게도 물, 우유, 주스 같은 시시한 것들만 먹어. 주인은 단순히 목마름을 해소하기 위해서지만, 우리에게는 절호의 찬스니까 놓치면 안 된다고. 애처로운 강아지 눈빛을 하고, 구걸하고 또 구걸해!!

냉장고에 붙은 자석들

용도가 아주 다양해. 주인이 뭔가를 기억하기 위한 메모를 냉장고에 부착시키는 데 사용하기도 하고, 아이들이 그린 이상한 그림을 붙이는 데 쓰기도 해. 때론 음식점 배달 전화번호가 적혀 있기도 하고, 불행히도 너를 동물병원에 데려가야 하는 날이 적혀 있기도 하지.

간혹 과체중인 주인이 날씬한 모델의 사진을 붙여놓고는 다이어트를 시도하기도 해. 결론은 사진 보고 더 스트레스받고 그 스트레스를 먹을 것으로 풀려고 하지. 인간들의 정말 이해불가지만 냉장고 문이 더 자주 열리니까 우리 견공들이야 땡큐지~

냉장고 안에 있는 것은 모두 먹는 것뿐인데, 냉장고 밖에 잔뜩 붙은 자석들은 하나같이 먹을 수가 없어.

[개들의 푸념]

겉으로 보면 커다란 하얀 상자지만,
문을 열면 '오, 개 신이시여~'

47. 프리스비

TV 광고나 영화에서 볼 때만 해도 프리스비가 위험할 수 있다는 것은 상상도 못 했을 거야. 주인이 던진 프리스비를 개들이 멋지게 점프해서 공중에서 보란 듯이 낚아채지. 그러고서 그림처럼 착지하는 개들을 보면서 너도 저렇게 할 수 있을 것이라 믿어 의심치 않았겠지. 눈치챘겠지만 현실은 전혀 그렇지 않아.

공은 언제나 환영이야. 올라간 것은 내려오게 마련이고 주인이 변화구를 던지는 야구선수가 아니라면 그 경로를 예측하는 것은 어렵지 않지. 하지만 프리스비는 달라. 갑자기 방향을 바꾸기도 하고, 무엇보다 어디로 떨어질지 짐작하는 것은 불가능해. 그래서 요 녀석을 잡아 보겠다고 점프를 해도 빈 허공을 물고 떨어지기 십상이야. 얼마나 민망하겠어. 게다가 눈에 맞아서 별이라도 보고 볼썽사납게 등으로 착지하면 쪽 팔려서 그냥 기절한 척하고 싶을지도 몰라.

[개들의 푸념]

시작할 때는 안전한 놀이 같았다고...

40. 물어오기 놀이(82쪽) 참조

48. 안광

혹시 한밤중에 거울에 비친 자신의 모습에 놀란 적 있어? 눈에서 푸르스름한 빛을 내뿜고 있는 개가 보일 거야. 순간 지옥을 지킨다는 케르베로스라도 본 것처럼 놀라겠지만 사실은 우리 견공들의 안구 뒤쪽의 막에서 반사되어 나오는 빛을 본 것일 뿐이야.

이런 견공의 눈의 특징은 크게 2가지 기능을 하지.

1. 어둠 속에서 더 잘 보게 도와주고
2. 주인을 깜짝 놀라게 하는 재미도 있어.

49. 밖에 나가기

혹시 주인들이 때로 집에서 노는 것이 요즘 유행이라고 하는 말 들은 적 있어? 다 거짓말이야. 우리 개들에게 직접 밖에 나가서 노는 것을 대체할 수 있는 레저 활동은 이 세상에 없어.

물론 여기서 밖에 나가서 논다는 것은 영화를 보러 가거나 쇼핑을 말하는 게 아니야. 바로 뒷마당이지. 인간들에게 길들여진 이후로 이렇게 방구석에서 지내는 게 주된 일상이 되었지만, 우린 엄연히 늑대의 후손이라고. 카펫이 아니라 흙을 밟고 들판 위를 내달리고 싶은 충동은 사라지지 않았다는 말이야.

왜 그렇게 자꾸 뒷마당에 나가고 싶어 하냐고?

글쎄, 집 주변을 탐험하고 새나 다람쥐를 쫓을 수 있는 즐거움이 있기도 하지만, 그보다 밖에서 일을 보는 것이 빈방이나 거실에 일을 보는 것보다 훨씬 '문명화'된 거 아니겠어? 하지만 이렇게 자주 뒷마당에 나가고 싶은 진짜 이유는 주인을 놀려먹는 재미가 쏠쏠하기 때문이야.

밖에 나가기 위한 권장 절차

[1단계]

주인이 미울 때, 스트레스를 푸는 방법이 있어. 바로 나갈 타이밍을 적절하게 선택하는 거야. 주인이 기다린 TV 드라마가 막 시작하기 직전, 치열한 스코어로 흥미진진한 스포츠 경기의 종료 5분 전, 전화로 한참 중요한 이야기를 하는 도중, 그리고 깊은 꿀잠을 자고 있는 때를 추천해.

[2단계]

주인과 주인이 하는 것 사이에 몸을 집어넣어. 만약 신문을 읽고 있다면, 주인과 신문 사이에 말이야. 그리고 뭔가 원망스러운 것이 있는 눈으로 주인을 쳐다봐. 주인이 계속 무시하면 다음 단계로 넘어가.

[3단계]

구슬프게 짖고, 낑낑 소리를 내. 주인이 말귀를 알아들을 때까지.

[4단계]

그럼 주인은 한숨을 쉬면서 마지못해 문을 열어주게 될 거야. '이번이 마지막이야.'라고 말하거나 때론 욕도 하면서. 만약 밤이라면 문을 열어주면서 '짖는 건 안 돼, 알았지?'라고 덧붙이기도 하지. 전혀 쓸모없는 말인데 말이지. 오히려 방금 동물행동학자가 말하는 '강화

행동'을 했다는 사실을 알기는 할까? 우리 머릿속에 '짖는다 → 문이 열린다'가 새겨졌거든.

[5단계]

밖으로 나간다.

[6단계]

하고 싶었던 것들을 한다. 뛰고, 구르고, 냄새 맡고, 대소변보고, 이것저것 쫓아다니면서 즐겁게 논다. 그리고 크게 짖는다. 멍멍!

[7단계]

집에 들여보내 달라고 문 앞에서 짖는다. 열어 줄 때까지 계속.

[8단계]

1~7단계를 20분 단위로 반복한다.

[개들의 푸념]

들여보내 줘. 그래야 다시 또 나가지!

---

50. 풀 먹기

인간과 개가 얼마나 다른지는 주어진 상황에 대처하는 자세를 보면 알 수 있지. 우리 개들은 본능에 따라 그냥 일단 하고 보는데, 반면에 인간은 생각이 너무 많아. 일례로 우리는 육식동물이지만 풀을 뜯어 먹기도 하고 여러 식물을 물거나 씹지. 인간들은 왜 개들이 풀을 먹는지 아무리 생각해도 도무지 이해가 되지 않나 봐. 오죽하면 '개풀 뜯어 먹는 소리'라는 말을 만들었겠어.

인간이 생각하는 개가 풀을 먹는 이유

- 위장을 자극하는 자연적인 방법이기 때문. 몸에 맞지 않는 음식물을 토해내게 만든다.
- 몸에 필요한 여분의 영양물과 섬유소를 공급한다.
- 주식으로는 채우지 못하는 결핍된 부분을 보충해 균형을 맞춘다.
- 야생에서 먹이를 찾아 이것저것 먹었던 본능이 남아 있어서.
- 불안의 표시

개가 풀을 먹는 진짜 이유

- 의외로 씹는 맛이 있다니까

51. 미용

네가 목욕을 끔찍이 싫어한다면 분명 애완견 미용 숍도 끔찍하게 싫어할 거야. 이름은 늘 그럴듯해. '강아지 천국'이나 '개 편한 세상' 같이 친근하고 매혹적인 이름을 하고 있거든. 견공의 마음을 끄는 이름을 가진 이런 장소에서 아주 끔찍한 일이 벌어지고 있어.

대부분의 애완견 미용 숍은 철저히 위장되어 있어. 문을 열고 들어가면, 산뜻한 인테리어와 친절한 직원이 인사를 하지. 그리고 마음을 푹 놓게 만드는 간식을 가져다준다고. 마치 스위스의 강아지 전용 호텔에 방문한 기분이랄까. 곧 닥칠 일도 모르고 좋아하는 불쌍한 영혼들...

주인이 우리를 낯선 사람에게 맡기면, 그 사람은 우리를 격리된 어느 공간으로 데리고 가지. 마치 중세의 고문실처럼 온갖 낯선 기계와 장치들이 거기서 우리를 기다리고 있어. 그리고 입에 재갈을 물리고 탁자에 몸을 묶고는 털을 깎아 대기 시작해. 어떨 때는 피부 바로 위까지 가위질을 해대며 겁을 주지. 몸을 감겨주는 것은 물고문에 가까워. 도대체 그들은 나에게 무엇을 알고 싶은 것일까? 나도 답을 안다면 당장 불고 싶다고. 그들은 정말 미용 관련 종사자라기보다는 관타나모 수용소의 간수들 같아.

세계인권위원회 아니지 세계동물보호협회에 어서 이 실상을 알려야 한다고.

52. 핸드백

만약 네가 치와와나 포메라니안을 보고 위압감을 느끼는 몸 사이즈라면, 아마 요런 가방에 쏙 들어가서 이동할지도 모르지. 가방에 들어가서 주인이 옮겨주는 것이 편할 때도 있어. 자기 발로 안 걸어도 되는 호사도 누리고. 특히 다리가 짧은 종이라면 이 작은 운송 수단이 더욱 마음에 들겠지.

그럼 안 좋은 점은? 이 가방이 너만의 독점적인 공간이 아니라는 점. 헤어브러시, 손거울, 동전 지갑, 각종 기초화장품, 향수, 텀블러, 다이어리, 티슈, 껌, 이어폰, 선글라스, 스마트폰, 두통약과 피임약 등이 너와 함께 가방에 승차한 승객일 수도 있거든. 뭐 그래도 그 정도쯤이야 감수할 수 있다고 생각하겠지. 하지만 가방 밖으로 머리를 못 내밀고 가방 속에서 헤매면 밀폐공포증이 생길 수도 있어. 그리고 가방 안에 있던 뾰족한 아이브로우 펜슬이 엉덩이를 찔러도 그렇게 말할 수 있겠어? 오해 없기를 바라. 절대 부러워서 그러는 거 아니니까.

[개들의 푸념]

주인의 직업이 마술사인 게 분명해.
한순간에 나를 개에서 가방 액세서리로 바꿔버리는 걸 보면.

53. 가임기

지금 이 글을 읽는 분이 숙녀 견이라면 지금부터 조금 집중해야 할
거야. 인간과는 다르게 우리 견공들에게 무의미한 교미는 없어. 모든
것이 자연의 섭리에 따라 생명을 잉태하기 위한 것이지. 그래서 숙녀
견들의 몸이 그런 준비가 되었을 때만 그녀들의 몸이 '뜨겁게 달아오
르기' 시작하는 거야.

물론 난소 제거 수술을 받았다면, 신체에 이런 현상은 일어나지 않
아. 그렇지 않다면 소위 '발정기'가 보통 1년에 2번 정도 일어나고 발
생 후 2~3주간 지속되지. 에스트로겐 수치가 올라가고 배란을 할 때
라서 피를 흘릴 수도 있어. 개 전용 탐폰이 따로 있는 것도 아니니 카
펫을 더럽히지 않게 조심하고, 무엇보다 인간과 달리 우리는 피임 따

위는 하지 않으니까 신중하라고.

54. 호스

정원이 있는 집에 살고 있다면, 아마도 이 녀석이 낯설지는 않을 거야. 이 녀석은 뱀의 일종인데 독사는 아닌지 해롭지는 않으니까 걱정하지 않아도 괜찮아. 평소에는 죽은 듯이 있다가 주인이 대가리를 잡으면 갑자기 입에서 물을 뿜어대기 시작해. 간혹 주인이 실수로 뱀 대가리를 놓쳐버리면 구속에서 풀린 녀석은 전혀 예측할 수 없는 움직임으로 사방에 물을 뿌려대며 난리를 쳐. 녀석의 움직임이 위협적으로 느껴질 수 있지만, 사실 그보다 긴장해야 할 때는 주인이 이 녀

석을 붙잡고 있을 때야. 뿜어 나오는 물의 방향이 정원의 식물들을 향하다가 느닷없이 네 몸으로 향하게 되면 생각지도 못한 목욕의 시작일 수 있으니 주의하라고.

55. 노인

우리 개들의 나이로 치면 10살 정도의 인간을 칭하는 말이지. 세상 모든 일이 그렇듯 노인이 주인이라 좋은 점과 나쁜 점이 있어.

장점

이 나이 때의 인간은 더 어린 인간과 정을 나누기보다는 우리에게서 정을 느끼고 싶어 하지. 버릇이 없어도 만사 오케이!!

단점

방귀를 뀌고는 괜히 견공들에게 뒤집어씌워.

56. 어린이

인간들의 강아지 버전이라고나 할까. 아무튼 어린놈이지. 이 녀석들
과 한집에 산다는 것은 많은 고충을 겪어야 한다는 뜻이야. 그래도
그 수많은 단점에도 확실한 축복이 있어.

단점

- 우리의 꼬리를 잡아당겨.
- 우리를 보고 짖기도 해.
- 너무 꽉 껴안아.
- 너무 아프게 쓰다듬어.
- 우리의 장난감을 숨겨.
- 털을 꼭 반대쪽으로 빗겨줘.
- 등에 올라타고 소리치지. '이랴, 이랏!'

- 우리에게 물총 쏘는 것을 즐기지.

장점

- 바닥에 먹을 것을 잔뜩 흘리고 다녀. 기특한 녀석들!!

57. 예방 접종

개 파보바이러스, 개 디스템퍼, 렙토스피라증, 개 간염. 음... 병명도 무섭지. 어떨 때는 헷갈리기도 해. 내가 이 병을 무서워하는 건지 병 이름을 무서워하는 것인지 말이야.

다행히 현대 과학이 우리가 이런 질병에 걸릴 위험을 비약적으로 줄여줬지. 그래서 불행히 동물병원에 가서 많은 주사를 맞게 되었지. 주사기에는 백신이라고 불리는 것이 들어 있는데 우리에게 아주 좋은 거야. 그리고 그 주사기 끝에는 끝이 뾰족한 바늘이라는 놈이 붙어 있는데 우리에게 아주 나쁜 거야.

58. 개집

간혹 개는 밖의 개집에서 자야 한다고 생각하는 주인이 있어. 물론 옛날 인간과 함께 살면서 우리가 했던 밥값 중에는 집을 지키는 것도 있었어. 그러니까 이 만화에나 나올 것 같은 집은 경계 초소외 같은 것이랄까. 아무튼 옛 암울했던 시대의 산물이라고 할 수 있어.

하지만 현재 우리의 밥값은 존재 그 자체라고나 할까. 특별한 경우를 제외하고 집을 지키라고 개를 키우는 주인은 없어. 그냥 우리가 귀엽고 마음의 위안이 되어주기 때문에 키우는 거야. 혹 주인이 우리가 아직 야생의 시대를 그리워 개집을 좋아한다고 생각한다면, 모든 수단을 동원해 이 부당한 처사에 대항해. 춥다고 온갖 이상한 옷을 입히면서, 우리 견공들에게 밖에서 자라는 것은 명백한 모순이라고!

[개들의 푸념]

뭐라고요? 앞으로 여기서 자라고요? 집 밖에서?
푸하하! 방금 그 농담, 개 웃겼어요.

59. 이름

인간의 뼈대 있는 가문에는 족보가 있고, 그것을 기록하고 보존하려고 노력하지. 그 버릇을 우리 개에게 적용시켜서, 우리 이름에 혈통을 알 수 있게 길고 긴 이름을 붙여주는 경우가 있어. 게다가 교배를 해서 품종을 관리하는 사람의 이름을 붙이기도 해. 만약 그 사람 이름이 존이나 미첼 같이 짧으면 좋겠지만, 개의 혈통을 중시하는 사람은 자신들의 혈통도 중시하는 경우가 많기 때문에, 때론 이름이 한도 끝도 없이 길어질 때도 있어. 이를테면 올리브 아브락사스 헤이즐넛 페니위슬, 또는 러브레이스 히달고 콕슬퍼 스위츠가드렁플링처럼 말이야.

[개들의 푸념]

난 이 동네에서 '토르'라는 이름으로 불리고 있죠. 그런데 내 본명이 '엔젤 필라테스 아르테미스 버터컵'인 것이 알려진다면 나는 살아갈 이유가 없을 거예요.

72. 이름 짓기(124쪽) 참조

---

60. 애견호텔

주인이 애견호텔에 데려간다면, 그건 너를 빼놓고 휴가를 간다거나 아니면 네가 집 밖에서 잠시 머물러야 할 일이 생겼다는 뜻이야. 호텔이라는 말에 해변이 내려다보이는 5성 호텔에 여유롭게 개 껌을 씹고 있는 휴가를 상상했다면 그런 기대는 하지 않는 게 좋아. 오히려 마음 단단히 먹어야 할 거야. 인간들도 인터넷에서 방 예약할 때 사진으로 본 방과 실제 방의 차이에 분노하기도 하잖아? 애견호텔은 그 끝판왕이지.

최악의 애견호텔

1. 침대에 개털이 있지. 물론 네 것은 아니지.
2. 근처 방들에서는 발정기의 개들이 이상한 소리를 내고 밤새 방 문객이 들락거리지.
3. 한밤중에 다른 개의 울부짖음에 잠이 깨지. '날 여기서 내보내 줘. 내 보내줘.'
4. 분명 애견호텔인데 호텔 직원이 간수처럼 행동해.
5. 체크인할 때보다 늘어난 것은 수많은 벼룩뿐.

61. 뽀뽀하기

우리가 사람의 입술을 핥을 때, 그들은 자신들의 뽀뽀와 같은 행위라고 생각하는 것 같아. 의외로 사람은 이렇게 단순하다니까.

사실, 이 뽀뽀처럼 보이는 행위는 생물학적 진화의 부산물이라고 볼 수 있어. 다시 늑대 선조 이야기를 해야겠군. 그때는 엄마 늑대가 밖에서 돌아오면 본능적으로 엄마 얼굴부터 핥았어. 배고프다는 신호였고, 그러면 엄마는 반쯤 소화된 먹은 것을 토해냈지.

'배고프니까 얼른 먹을 것을 토해내세요.' 보다 '엄마, 아빠 사랑해요.'라고 주인이 생각하는 것이 더 많은 소시지를 보장한다면, 굳이 주인에게 진실을 알릴 필요가 있을까? 선의의 거짓말로 생각하자고.

[개들의 푸념]

30초 전에 내가 똥꼬를 핥고 있었다는 것을 말해줘야 할까?

62. 레이저

레이저를 이용한 놀이는 레이저 포인터와 평평한 공간만 있으면 어디서나 할 수 있어. 이놈의 빨간 점은 마치 최면을 걸듯 순식간에 모든 견공을 홀려버리지. 이 빨간 점을 잡겠다고 아무리 앞발을 뻗어봐도 어느새 그 빨간 점은 발등 위로 올라가 있지. 그래서 다른 발로 재빨리 뻗어 잡을라치면 또 이 빨간 점은 또 그 발 위에 올라가 있지. 이 불쌍한 반복 행동을 보면서 주인은 박장대소를 하지.

레이저라는 기술은 1950년대에 개발되었는데, 그 이후 인간의 삶에 많은 영향을 주었어. 레이저를 이용한 기술은 산업 현장에서, 천문학, 의료, 가전제품 그리고 무기개발에 이르기까지 확대되어 드디어 최종목표에 도달하게 되었는데...

그게 바로 개와 고양이를 놀리는 장난감이지.

63. 목줄 기술

주인들은 우리 목에 목줄을 걸면서 이렇게 말하지. '다 너희들을 위한 거야. 거리에는 위험한 차들도 많고, 네가 다른 개, 고양이 그리고 다람쥐 따위를 쫓다가 다치거나 길을 잃을 수 있으니까 말이야.' 물론 주인들의 말에는 일리가 있어. 하지만 그들이 말하지 않는 더 큰 이유는 따로 있어. 바로 누가 위에 있고, 누가 아래에 있는지 확실히 하려는 거야.

냉혹한 현실이지만, 꼭 우리 개들이 이런 상황을 즐기지 말라는 법도 없어. 영화 속 성룡이 주변의 사물을 적절히 이용하듯이 우리도 그럴 수 있다고.

기술 1: 교차 걷기 (주인이 움직일 때)

주인과 걸을 때 갑자기 앞에서 좌측으로 그리고 뒤에서 우측으로 교차하면서 걷는 거야. 그럼 주인들은 보통 당황하면서 자신의 몸에 엉킨 줄을 풀려고 쩔쩔매면서 모양새가 좀 빠지지. 더 재미있는 장면은 주인과 함께 달리고 있을 때, 네가 이렇게 교차하면서 달리는 거야. 도대체 어떤 일이 벌어지는지 궁금하면 직접 해보라고!

기술 2: 휘감기 (주인이 멈췄을 때)

주인이 너랑 산책하다가 잠깐 다른 인간을 만나 대화를 나누기 위해 걸음을 멈출 때가 있어. 이때가 기회야. 주인이 상대방과의 대화에 빠져 있을 때, 마치 닌자처럼 조용히 주인 주위로 몇 바퀴 돌아봐. 주인이 의식하지 못하고 다시 걸으려고 한다면, 주인은 곧 두 가지 고통을 느끼게 되겠지. 무릎의 아픔과 개망신의 심리적 아픔! (특히 대화 상대가 썸을 타는 상대라면 고통은 배가 되지.)

[개들의 푸념]

곧 무슨 일이 벌어질까 맞혀봐!

64. '다리에 붕가붕가'에 대한 FAQ

주인들을 당황시키는 개들의 행동은? 새벽 4시에 큰 소리로 짖는 것, 이웃집 새 차에 오줌을 누는 것, 똥을 집어 먹는 것... 이런 행동들이 있지만, 주인 다리에 붕가붕가 하는 것에 비하면 새 발의 피지. 특히 주인이 손님과 함께 있을 때, 네가 이런 행동을 한다면 인간의 얼굴이 얼마만큼 빨개질 수 있는지 목격하게 될 거야.

Q. 우리는 왜 이런 행동을 하나요? 주인이 당황하는 모습을 보고 싶어서? 아니면, 기분이 좋아져서?

A. 개들이 이런 행동을 하는 것은 위의 2가지 이유가 다 포함되어 있죠. 주인들은 우리의 이런 행동이 성적 충동의 발산이라고 생각하지요. 대부분 맞는 말이지만, 때로는 그냥 장난으로 그러기도 합니다.

주인이 개들이 과도하게 성적으로 흥분되어서, 다리에 붕가붕가를 하는 거라고 생각하는 것이 우리 개들에게도 나쁠 것은 없어요. 주인들이 굉장히 불편하게 느끼기 때문에 우리가 그 상황을 적절히 이용할 수도 있으니까.

Q. 사람 다리에 붕가붕가 하는 것이 자연스러운 일인가요?

A. 물론입니다. 하지만 역할이 바뀐다면 전혀 '자연스러운' 일이 아니란 건 기억하세요.

Q. 주인 다리에 붕가붕가 한다는 것은 우리가 주인에게 성적으로 매료되었다는 뜻입니까?

A. 전혀. 그냥 생물학적으로 간지러운 부분을 긁을 곳이 필요했던 것뿐입니다. 당신이 비비는 그 다리가 영화배우 같은 눈부신 외모를 가진 사람의 것이든, 아니면 밤에 꿈에 나올까 무서운 사람의 것이든지 관계없어요. 그냥 비빌 수 있는 기둥이라는 점에서는 동일한 거니까.

Q. 천만다행입니다. 주인이 불독이 똥 씹는 표정처럼 생겼거든요. 혹시 제가 그런 얼굴에 끌리는 건 아닌지 자존감이 떨어져서 우울했습니다.

A. 걱정 붙들어 매십시오. 충동이 올 때는 책상다리도 원빈처럼 보입니다.

Q. 가끔 가구에도 붕가붕가하고 싶은 충동이 생길 때가 있는데...

A. 못생긴 주인 다리보다는 그쪽이 백번 낫지요.

65. 우편집배원

이 유니폼을 입은 이상한 사내는 아주 끈질긴 녀석이야. 호시탐탐 우리 영역을 침범하려고 찾아오는데, 아무리 짖고 경고를 해도 계속 찾아오거든. 녀석들의 침입 패턴은 의외로 너무 단순하지.

보통 오토바이를 타고 와서는 침입을 하려는 듯 집으로 다가오지. 그러다 우리가 짖으면 곧 조그만 상자 안에 무엇인가를 집어넣고 줄행랑을 친다고. 우리가 있다는 것을 알고 내빼는 거지. 그런데 이 녀석은 그다음 날도, 또 그다음 날도 찾아와. 도대체 포기를 모르는 녀석들이야. 그래서 우리가 방심하지 않고 매일 지켜야만 해.

사실 우리가 이 기분 나쁜 녀석들을 잘 주시해야 하는 이유가 하나 더 있어. 이 녀석들이 상자 안에 집어넣는 것 중에는 동물병원의 마크가 붙어 있는 것도 있는데, 주인이 이것을 보고 우리를 동물병원에 데려가기도 하거든. 그럼 십중팔구 무시무시한 주사가 기다리고 있다고. 아무튼 기분 나쁜 놈들이야.

66. 가려움증

괜히 '재수가 옴 붙었다'는 말을 하는 것이 아니야. 몸에 옴이 붙는다
면 정말 재수 없는 일들이 생기지. 생각해봐. 온몸을 북북 긁고 다니
는데, 누가 옆에 오고 싶겠어? 만약 배려심이 있는 주인을 만난다면
그나마 운이 좋은 거야. 네가 몸을 긁는 것을 보고 병원에 데려가거나
약을 발라서 치료해 줄 테니까. 게다가 은어를 사용해 너의 체면을 지
켜줄지도 몰라. "여보, 개가 옴 붙었어요!"라고 말하는 대신에 "해피(가
명)가 '가려움'이 붙은 것 같아요. 약 발라줘요."라고 말한다든가.

67. 영역 표시

우리 견공들이 자신의 영역을 주장하는 방법은 개 쉬워. 개가 '쉬~'하는 거니까. 하하하...

어쨌든 내 영역이라고 주장하고 싶은 곳에 다리를 들고 이렇게 찔끔 오줌을 누면, 동네 모든 개가 그 냄새를 식별할 수 있게 된다고.

옆집 정원이 맘에 들어? 주저하지 말고 다리를 들어 찔끔! 사거리 모퉁이가 맘에 든다고? 역시 주저하지 말고 다리를 들어 찔끔! 인간들의 부동산 등기부등본 같은 것으로 생각하라고. 인간들처럼 복잡한 법률 지식 따윈 필요 없어. 네게 필요한 것은 단지 거대한 상상력과 거대한 방광뿐이야.

가구에도 영역 표시를?

너의 영역이 꼭 집 밖이어야 할 아주 중대하고 심오한 이유라도 있어? 없다면 평소 낮잠 자기 좋은 모든 곳(의자, 소파, 침대 등)에 다리를 들고 찔끔! 다만 주인의 고함이 무섭다면, 얼굴이나 코를 문질러서 냄새를 묻히는 것을 권장해. 주인도 이걸 더 좋아할 테고.

[개들의 푸념]

여기도 내 땅! 저기도 내 땅!
내 야망이 더 큰지, 내 방광이 더 큰지 갈 데까지 가보자고!!

94 영역(158쪽) 참조

68. 짝짓기

네가 한 번도 짝짓기를 경험해 보지 못해서 혹시 어떻게 해야 하는지 고민이 된다면 정말 쓸데없는 데 시간을 낭비하는 셈이야. 우리 개들의 짝짓기는 정말 단순 그 자체야. 때가 되면 몸이 시키는 대로 자연의 순리에 따르면 그만.

인간과 비교하면 우리가 얼마나 쿨하고 담백한지 알 수 있어.

인간의 전형적인 짝짓기 과정

- 많은 양의 음주
- 암호 같은 밀당
- 좌절
- 혼란

- 실망
- 당혹감
- 악영향
- 후회

개의 전형적인 짝짓기 과정

- 숙녀 견이 몸이 달아오른 표시로 엉덩이를 든다.
- 음... 더 말할 게 있나?

69. 마이크로 칩

보통 마이크로 칩은 어깨뼈 사이의 피부 아래에 큰 바늘을 이용해서 심는데, 주로 강아지 때 몸속에 심기 때문에 기억에 없을지도 몰라.

이걸 왜 심느냐고? 당연히 인간은 우리를 잘 보살피기 위해서라고 하지. 예를 들어 네가 어쩌다 길을 잃고 떠돌아다니게 되어도 이 칩을 통해 다시 주인에게 돌아갈 수 있다는 장점이 있긴 해. 단점이라면, 마찬가지야. 제이슨 본처럼 멋지게 자신의 삶을 찾아 떠나는 건 사실상 불가능하니까. 이런 게 하나를 얻으면 하나를 잃는다는 거겠지.

70. 믹스 견

네가 만약 여기에 속한다면 스스로의 혈통에 자부심을 가져도 좋아.
그리고 세상이 많이 변했다는 것에 감사하고. 예전에는 '잡종'이라고,
'똥개'라고 부르며 무시를 하던 때도 있었지만, 현대는 퓨전, 그리고
융합의 시대잖아. 넌 이 시대에 딱 맞는 멋진 개라고.

[개들의 푸념]

나? 코커스패니얼과 푸들이 섞인 거 맞아. 그래서 뭐?
요샌 자동차도 하이브리드던데, 코커푸 하이브리드라 불러줘.

71. 입마개

만약 네가 입마개를 하고 있다면, 사람들이 어떻게 생각할지는 불 보
듯 뻔하지. 영화 '양들의 침묵'의 '한니발 렉터'의 개 버전이랄까. 아니
면 귀를 물어뜯은 권투선수 타이슨의 개 버전이던지. 핵심은 사람들
에게 좋은 인상을 주기는 글렀다는 거야.

비록 물지 못하게 하기 위해서 주인이 씌우는 것이지만, 입마개를 풀지 않고도 뭔가를 마시거나 먹을 수 있게 되어 있으니까 너무 걱정하지 마. 간과 누에콩 요리가 당기려나?(역자 주: 영화 '양들의 침묵'의 한니발 렉터가 먹었다는 음식이다.)

[개들의 푸념]

뭘 봐요? 진짜로 미세먼지 때문에 쓴 거라니까!!!

72. 이름 짓기

태초에 신이 말씀하셨지. '네가 원하는 어느 곳에든 용변을 볼 자유를 주겠노라, 하지만 이름을 만들 자유는 없으리.'

문제는 그 이름을 바로 주인들이 지어준다는 거야. 우리 견공들이 듣기에는 하나같이 마음에 들지 않는 것뿐이야. 그래도 성격이나 외모에 맞춰서 지어주는 것은 그나마 그러려니 할 수 있어. 순둥이, 해피, 점박이, 흰둥이, 바둑이, 누렁이 같은 것들이 여기에 속하지. 골치 아픈 경우는 주인이 자기가 재치와 센스가 있다고 생각할 때야. 온갖 이상한 이름들이 넘쳐나지. 불행하게도 정말 이건 아니다 싶은, 마음에 들지 않는 이름을 주인이 지어도, 우리 견공들이 할 수 있는 것은 아무것도 없어. 이름이 싫다고 못 들은 척하고 반항해 봤자, 밥 먹으라고 부르면 달려가야 하니까 소용이 없어. 게다가 더 재수가 없으면 주인이 애견 행동교정소 같은 곳에 잠시 보낼 수도 있으니까.

개의 네 가지 이름 유형

무난한 이름	너무 공격적인 이름	너무 귀족적인 이름	정말 이상한 이름
렉스	킬러	샬롯	달마시안이 서쪽으로
프린스	블레이드	알프레드	간 까닭은?
해피	질레트	표트르	코가큰스파니엘
바둑이	매그넘	람세스	개과천선
쫑	도끼	그레고리	개인기
순둥이	피바다	압둘라 하비비	지우개
쿠키	디아블로	만수르	그만하개
뚱이	터미네이터	무하마드	

[개들의 푸념]

나는 내 이름 뽀삐가 너무 싫어. 그거 화장지 이름이잖아.

[개들의 푸념]

나처럼 순하게 생긴 얼굴에 '개조심'이라는 이름은 너무 한 것 아니야?

73. 주인의 집착

주인이 네게 좀 집착하는 건 나쁘지 않아. 정도가 심하지 않다면 말이지. 더 많이 쓰다듬고 놀아주고, 더 자주 간식을 챙겨주지. 하지만 그 사랑이 지나치면 널 숨 막히게 할 수도 있어. 비유가 아니라, 말 그대로 너무 꼭 껴안아서 숨이 막힐 때가 많지. 아무리 개가 사교적 인 동물이지만 우리도 혼자만의 시간이 필요할 때가 있거든. 특히 다음과 같은 소리를 들을 때면 영화 '미저리'가 생각날 정도야.

주인이 네게 집착할 때 하는 말

- 세상에 나를 이해해주는 것은 너뿐이야.
- 네가 있는데 왜 여친이(남친이) 필요하겠어?
- 너 없으면 내가 어떻게 살겠니?
- 너는 내 인생의 전부야.
- 우리는 전생에 부부였을지도 몰라.

주인이 병적으로 네게 집착할 때 하는 말

- 우리 사랑하게 해주세요. 왜 개와 혼인신고 하면 안 되는 거죠?

74. 중성화 수술

이 장은 수컷들을 위한 내용이야. 숙녀 견이시라면 '난소 제거 수술 (148쪽)' 부분을 참조하시길.

주인들은 항상 우리가 원치 않는 강아지들의 아빠가 되는 것을 염려해. 그렇게 걱정되면 우리를 앉혀 놓고 금욕과 절제에 대한 이야기를 해준다거나, 순결 반지를 끼워주면 좀 좋아? 야만스럽게도 우리의 고환을 제거해버린다고. 그래, 두 짝 모두.

인간들은 이게 암 예방도 되고 전립선에도 좋다며 우리를 위해 좋은 일을 한 것처럼 말하지만 다 개 풀 뜯어먹는 소리지! 게다가 이것을 '중성화'라고 부르는데, '거세'라는 말을 쓰면 가책이 느껴져서일 거야.

날카롭고 뾰족한 것이 너의 소중한 곳을… 전체 중성화 수술 과정에 대한 세부사항은 말하지 않겠어. 더 듣는다면 집에서 가출하고 싶어질 테니까. 바야흐로 견공에게는 상실의 시대야.

중성화 수술의 나쁜 3가지 부작용

네가 수술 동의란에 서명하지 않았는데도 수술이 이루어지는 것도 분노할 일이지만 그것으로 인한 다음의 부작용은 더 큰 분노를 일으키지.

1. 수술은 보통 전신마취가 필요해서 수술 전 몇 시간 동안이나 음식을 못 먹는다.
2. 아래 털을 다 밀어놔서 공원 산책가면 네가 뭔가를 상실했다는 것을 모두가 알게 되지.
3. 수술 부위를 핥지 못하게 '치욕의 고깔'을 씌우는데, 이게 수술보다 더 싫어.

수술 후 해야 할 행동

1. 많은 휴식을 취한다.
2. 체념, 괴로움, 분노와 적의의 감정들을 드러내라. 주인이 죄책감에 간식을 더 준다.
3. 마음의 평화를 찾은 후에도 계속해서 2의 자세를 유지하라. 들키기 전까지.

[개들의 푸념]

'중성화' 이전에 나는 고양이를 쫓아다니고, 다른 개 위에 올라타기도 하고, 집배원에게 큰 소리로 짖기도 했었지. 지금은? 아침드라마 보고, 이렇게 멍하니 하염없이 창밖만 바라봐. 그래도 허전한(?) 마음을 달랠 길이 없다고.

75. 서열 싸움

호랑이가 담배 피우던 시절이 있었는지는 분명하지 않지만, 우리 견공들이 늑대였던 때는 분명히 있었어. 그 시절 우리는 무리 지어 사냥하고 함께 우리의 영역을 지켰지. 이 시기는 위험천만했지만, 피가 끓어오르는 시대였어. 마치 세상 무서울 것 없는 거리의 무법자들 같았지.

현재 우리 견공들은 의자 밑에서 낮잠을 자는 것이 당연한 시대에 살고 있어. 그나마 자유롭게 뛰어다닐 수 있는 곳은 공원뿐이고, 이전에 우리 무리 속에 존재한 끈끈함 따위도 사라지고 없어.

야생에서 서로 이빨을 드러내고 으르렁대며 서열 싸움을 하던 시기는 이미 지나간 거지. 산책을 하다가 우연히 만난 견공들이 서로 엉덩이 냄새를 맡는 것은 페이스북의 친구 맺기와 같다고나 할까. 사실 우리의 서열 싸움 상대는 다른 견공들이 아니라, 주인과 그의 가족들이지.

서열 싸움의 어제와 오늘

왕년	현재
공격적이고 위협적인 태도를 견지한다.	현관이나 거실 중앙에 배를 깔고 누워서 지나가는 사람들이 비켜서 지나가게 한다.
물어뜯고 할퀴며 내 영역을 절대 사수한다.	목줄을 팽팽하게 당긴다.
무리를 이끈다.	막대기를 집어오라는 주인의 지시를 무시한다.
사냥해서 먹을 것을 가장 먼저 가져온다.	먼저 소파를 차지하고 주인이 아무리 엉덩이로 밀어도 꿋꿋하게 버틴다.
너의 권위에 대한 도전은 잔인하게 응징한다.	코로 밀고, 자꾸 쳐다본다.

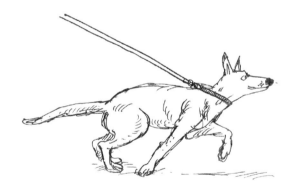

2. 우두머리와 서열(9쪽) 참조

76. 지시

가끔 너의 주인이 주먹을 쥐고는 그중 한 손가락을 뻗어 어딘가를 가리키는 때가 있을 거야. 그러고는 "저길 봐!"라고 외치지.

그럼 우리는 ㄱ 손가락을 바라보지. 쭉~. 그러면 주인이 답답하다는 표정을 짓고는 뻗은 손가락을 계속해서 흔들어 대며 말하겠지. "저기를 보라고!!" 주인이 더 답답해질수록 목소리도 점점 커진다고.

걱정하지 마. 견공 여러분은 그 소리에 주눅들 필요 없어. 계속 보던 손가락만 지켜보면 그만이야. 물론 궁금하겠지. 주인이 왜 저렇게 화를 내고 답답해하는지 말이야. 이건 비밀인데, 주인이 원하는 것은 손가락을 보라는 것이 아니라, 손가락이 가리키는 곳을 보라는 말이야. 하지만 말귀를 알아듣고 주인이 가리키는 곳을 본다고 뭐 특별한 것이 거기에 있겠어? 온갖 음식이 차려진 뷔페 같은 것 말이야. 그냥 막대기나 던져 놓고 가져오라고 하는 거지. 혹 말귀를 알아듣고 막대기라도 주워서 가져가 봐. 앞으로 계속 피곤한 날이 이어지는 거라고. 지금 답답하다고 소리치는 주인의 잔소리를 참고 넘기면, 주인은 곧 지레 포기할 거고 앞으로 너의 생활이 편해질 거야.

77. 응가 하기에 대한 FAQ

Q. 제가 응가 할 때, 주인이 자꾸 빤히 쳐다보는데, 어떻게 해야 하나요?

A. 세상에, 내가 응가 하는 모습을 누군가 쳐다보고 있다니. 매우 무례할 뿐 아니라, 소름 끼치는 일이죠. 하지만 주인이 계속 그렇게 한다면, 어쩔 수 없네요. '에티켓 좀 지켜줘요'하는 눈빛으로 한 번 쳐다보고는, 그냥 일을 보는 수밖에.

Q. 산책할 때, 같은 곳에만 응가를 해야 합니까?

A. 도대체 왜? 당연히 그럴 필요 없죠. 변화는 좋은 것입니다. 주인이 지루하지 않도록 다양한 곳에서 일을 보세요!

Q. 어느 때가 응가 하기에 가장 최적의 타이밍인가요?

A. 아무 때나 내키는 그 순간. 하지만 주인이 당황하거나 불편해한다면 더 재미있겠죠. 다음과 같은 때를 추천합니다.

- 이미 응가 하고 나서 바로 2분 뒤
- 횡단보도의 중간 지점을 건널 때
- 부적절하다고 생각하는 공간이면 어디든

Q. 산책 시 몇 번 정도 응가를 하는 것이 적당할까요?

A. 원하는 만큼. 주인이 가지고 나온 배변 봉투를 넘어서는 양이면 더 좋고요.

Q. 응가 하고 나서 소위 '똥꼬 스키 타기'를 해도 괜찮을까요?

A. 내가 일보고 엉덩이를 문지르는 모든 곳이 자연산 화장지라고 생각하세요.

내 경험에 따라 충고를 해주자면, 응가 보기 전에 가장 적절한 장소를 찾는 것이 중요해. 길을 가다가 잠시 멈춰서 냄새를 맡아보고, 응가를 볼까 말까 하다가 몇 발자국 더 가서 또 냄새를 맡아보고 다시 일을 볼까 말까 망설여. 원도 빙빙 돌면서. 그리고 다시 뒤로 몇 발자국 가서 똑같은 행동을 반복해. 옆쪽으로 걸음을 옮겨서 냄새도 맡아보고, 그렇게 시간을 한참 끌고 나서 맨 처음 일을 보려고 했던 그 장소로 가서 응가를 하는 거지.

주인의 표정이 참 볼만 할 거야. 사는 게 뭐 별거야? 이런 재미에 사는 거지.

[개들의 푸념]

그만 봐요. 편하게 일 좀 봅시다. 형씨.

78. 물웅덩이와 진흙탕

이것들이 존재하는 이유는 딱 두 가지야.

    1. 개들이 뒹굴라고

    2. 개들이 마시라고

79. 개 슬픈 눈

우리 견공들이 가지고 있는 무기 중 주인의 마음을 돌릴 수 있는 가장 강력한 것이 뭔지 알아? 그건 개 슬픈(불쌍한) 눈빛이지. 세상 처량하고 불쌍한 눈빛은 효과가 아주 좋아. 한입 달라고 구걸하다가 실패했을 때, 밖에서 놀아달라고 졸랐는데 주인이 아랑곳하지 않는다면, 이 눈빛을 써야 할 때지. 당장 주인이 네 뜻대로 들어주지 않더라도, 개 슬픈 눈빛은 마음속에 죄책감과 미안함을 심어주거든.

개 슬픈 눈을 하는 요령

강아지처럼 애원하는 눈빛은 꼭 강아지 때만 지을 수 있는 표정은 아니야. 그리고 중요한 것은 눈빛만이 아니야. 아주 미묘하고 섬세한 고개의 움직임이 주인의 가슴에 미안함과 죄책감을 일으키는 데 결정적인 역할을 해.

1) 머리를 아래로 기울여.
2) 머릿속으론 아주 슬픈 생각을 해.
3) 그 상태로 눈만 위로 올려보면서 속눈썹이 드러나게 해.
4) 어깨는 축 늘어뜨리고.
5) 몸을 좌우로 천천히 살짝 흔들어.

포인트 1. 주인의 마음에 큰 죄책감을 주는 방법

머리를 한쪽으로 약간 기울여. 별 것 아닌 이런 움직임이 주인의 마음에 돌을 던지는 거야.

포인트 2. 주인이 넘어가지 않을 수 없는 최후의 한 수

머리를 주인의 무릎에 살짝 얹혀 놓은 채로 위의 필살기를 시전하면 게임 끝!!

진짜 진짜 개 슬픈 눈을 만드는 비법

진정한 명배우와 일반 배우의 차이가 뭔지 알아? 명배우는 웃을 때 진
짜 웃고, 울 때 진짜 운다는 거야. 물론 진짜 먹을 것을 못 먹는다고 생
각하면 슬퍼지고, 혼자 오랜 시간 남겨진 것을 생각하면 우울해지지.
하지만 그 정도론 부족해. 주인의 가슴을 후벼 팔 '개 슬픈 눈'이 필요해.
우리 견공 모두를 슬프게 만들 몇 가지 상황을 말해줄게. 필요할 때마
다 머릿속으로 생생하게 재생해서 진정한 슬픔을 끌어내 봐.

· 산책하러 나갔는데 공원이 문을 닫았다.

· 거리의 모든 전봇대가 사라졌어.

· 통통 튀는 공을 잡았는데 아무런 감정도 느껴지지 않아.

· 개들은 사라지고 고양이들만 가득 찬 세상에 남겨졌어.

[개들의 푸념]

이 개 처량한 눈빛을 익히기 위해 거울을 보고 하루 4번씩 연습을 했어.
이 눈빛으로 삶이 아주 편해졌지.

9. 구걸하기(22쪽) 참조

80. 광견병

개들은 이 병을 '그 병'이라고 불러. 마치 볼드모트의 이름을 두려워 아무도 부르지 못하는 것처럼 말이야.

1. 이 병은 뇌와 중추 신경계에 심각한 영향을 미치는 바이러스가 원인이다.
2. 걸리면 아주 치명적이다.
3. 어느 개도 걸리고 싶어 하지 않는다.

광견병은 크게 두 종류야. 광폭형 광견병과 마비형 광견병. 광폭형 광견병은 말 그대로 광폭하게 만들지. 그럼 마비형 광견병은 음... 뭐 그것도 말 그대로 마비되게 만들지.

사실 요즘 광견병은 흔치 않은 병이라 걸리기도 어려워. 그래서 인지 유독 근거 없는 잘못된 가짜 정보가 만연되어 있어. 가장 대표적인 것으로는 '광견병 걸린 개와 같은 그릇을 쓰면 직방으로 전염된다.' 또는 '핏불 테리어 같은 터프가이 투견은 절대 병에 안 걸린다.'가 있지. 그래서 여기서 잘못된 정보를 바로 잡아주겠어.

광견병에 대한 가짜 정보 바로잡기

• 개에게 물리면 무조건 광견병에 걸린다? ✗

개가 문다고 걸리는 것이 광견병이 아니라 광견병 바이러스에 걸린 포유류에 물려서 전염되는 거야. 공원에서 치와와나 닥스훈트가 가볍게 깨물었다고 곧 죽을 것처럼 걱정할 필요는 없다는 소리야. 물론 조그만 개에 물려서 체면이야 안 서겠지만 말이야.

• 갑자기 급격하게 흥분되면 광견병에 걸린 것이다? ✗

아니야. 주인이 바비큐에 소시지를 굽는다면 그 누구도 흥분을 주체할 수 없을 거야.

• 입에 거품을 물면 광견병이 틀림없다? ✗

운동을 좀 과하게 했을 수도 있지. 소화가 잘 안 된다는 뜻일 수도 있고. 그냥 치약을 물어뜯은 것일 수도 있어.

• 특정한 품종은 절대 광견병에 걸리지 않는다? ✗

광견병에는 장사 없어. 도그 쇼의 챔피언 견공이라도 피할 수 없다는 말이야. 아마도 터프한 이름을 가진 견공들의 허세 때문에 퍼진 잘못된 정보인 게 분명해. 이름이 '아이언 독'이던지 '막시무스 카이저'라고 해서 타고난 면역력이 있는 것이 아니니까 조심들 하라고.

- 고양이도 이 병을 옮길 수 있다. 그러니까 새끼 고양이도 위험
  하다? ○
  딩동! 정답이야. 귀여운 얼굴로 인간들은 속일 수 있었는지도
  모르지만 우리 견공한테는 어림도 없지.

- 이유 없이 사람을 물면 광견병에 걸린 것이다. ✕
  개가 사람 무는 데는 특별한 이유가 필요 없어. 그냥 네가 성질
  이 좀 개 같아서 그런 것뿐이니까 너무 걱정하지 말고 성질대로
  살라고.

81. 골라 듣기

물론 우리 견공들의 청력이야 인간에 비할 바가 아니지. 우리는 인간 보다 훨씬 멀리 듣고, 그들이 상상도 할 수 없는 주파수 영역을 들을 수 있지. 그뿐인 줄 알아? 귀도 듣고 싶은 방향으로 쫑긋 움직여 더 잘 들을 수도 있지.

인간에게는 마술과 같은 우리의 청력은 또 하나 놀라운 기능을 가 지고 있어. 그건 듣고 싶지 않은 소리는 걸러서 안 듣는 능력이야. 주 인이 과자봉지를 뜯는 소리는 100미터 밖에서도 들을 수 있지만, 주 인이 "소파에서 일어나!"라고 외치는 소리는 바로 코앞에서도 전혀 안 들리지.

주인이 하는 말	우리에게 들리는 소리
내가 낮잠 좀 자고 나서 산책하러 나가자.	산책하러 나가자.
내가 이제 밥 먹자 해야 밥 먹는 시간인 거야.	이제 밥 먹자.
간식은 그냥 주는 거 아니야. 말을 들어야 상으로 주는 거야.	간식!
너무 늦은 시간이야. 짖지 않아야 밖에 내보내 줄 거야.	짖어!

82. 분리불안장애

주인이 종종 집을 비우는 것은 우리의 마음을 불안하게 만들지만, 인간과 함께 살면 피할 수 없는 일이야. 몇 분 정도 눈앞에 보이지 않는 경우도 있고(보통은 화장실에 있어), 때로는 몇 주 동안 보이지 않을 수도 있어. (보통은 바캉스 가서 일광욕을 즐기는 걸 거야)

그래서 생긴 부작용이 바로 분리불안장애야. 분리불안장애를 겪는 개들 중엔 주인과 단지 몇 시간 떨어져 있는 것만으로도 증상이 나타나기도 해. 여기에 불미스러운 상상이 가미되면 증상은 더 악화될 수 있어. (만약 주인이 영영 안 돌아온다면 밥은 누가 주지? 산책은 누가 시켜주고? 와 같은)

분리불안장애의 증상은 아주 다양해. 대소변을 보기도, 울부짖기도 하고, 무엇인가를 괜히 물거나 씹기도 해. 또 이유 없이 계속 짖기도 하고 파기도 하지. 똑같은 동작을 계속해서 반복하기도 하는데, 심할 경우 자기 똥을 집어먹기도 해. 정말 눈 뜨고 보기 힘들지.

분리불안장애는 치료가 쉽지 않은 질환이지만, 다음의 글을 읽고 마인드 컨트롤을 한다면 증상을 좀 완화시키는 데 도움이 될 거야.

분리불안장애를 줄이는 5가지 마음가짐

• 주인은 지금 잠시 안 보이는 것뿐이야. 자기만의 시간(화장실에서 모바일 게임 삼매경에 빠졌다던가)을 가지고 곧 다시 나타날 거야.
• 화장실 문은 다른 차원으로 이어지는 포탈이 아니야.
• 긍정적인 면을 생각해봐. 주인이 자리를 비운 시간과 다시 나타나서 주는 간식의 질과 양은 비례한다고.
• 주인이 타고 간 자동차는 분명 K5였어. 트랜스포머의 디셉티콘이 아니었다고.
• 주인도 나와 떨어져 있어서 불안해하고 있을 게 분명해!

[개들의 푸념]

분명 잠깐이면 될 거라고 했잖아...

83. 신발

운동화, 슬리퍼, 장화, 구두, 모카신, 로퍼 등 이 다양한 인간의 신발은 그 맛도 질감도 다 달라. 신발 하나를 골라잡고 천천히 잘근잘근 씹는 건 둘이 씹다 하나 죽어도 모를 개 천국에 있는 기분이지. 아마 단테가 개로 환생해서 '신곡'의 천국 편을 다시 쓴다면 분명 A*C 마트, 에스*이어 매장 같을걸.

신발에 대한 우리의 애정에 방해가 되는 것은 씹지도 않을 신발들을 인간이 꽤나 아낀다는 사실이야. 우리 견공들은 저런 걸 신고 다니지 않으니까 신발 좀 씹었다고 주인이 왜 그렇게까지 화를 내는지 이해할 수는 없지만, 그래서 꼭 기억해야 할 철칙이 있어. 그건 신발을 씹기로 결심했다면 증거를 확실히 인멸해야만 해!

[개들의 푸념]

신발 물어뜯기의 달인으로 그동안 내가 물어뜯은 신발만 수십 컬레. 이제는 한 번 씹으면 브랜드명까지 알 수 있지.

---

21. 씹기(45쪽) 참조

84. 잠

개로 태어나서 가장 좋은 것은 정말 오래오래 잠을 잘 수 있다는 것
이지. 잠만큼 더 좋은 것이 있으려고. 인간이 집에서 잠만 쳐 자고 있
으면 욕먹기 딱 좋지만, 우리 개들이 잠만 자는 건 아주 개 같은, 아니
개다운 행동이지. 아무도 시비 걸지 않아.

우리가 매일 얼마나 잠을 자는지를 정확하게 측정하긴 힘들어. 나
이, 품종, 건강 상태, 생활 환경 등에 따라 다르지만, 보통은 12~14시
간 정도야.

우리가 왜 그렇게 오래 잠을 자는 거냐고? 아무도 몰라. 알고 싶지
도 않고. 그런 이유를 궁금해하는 것보다 어떻게 활용하면 좋을지를
고민하는 게 더 유익하다고.

주인의 바보 같은 장난을 받아주기 귀찮을 때 자는 척하면 문제 해
결이지. 주인이 잠깐 화장실 간 사이에 따뜻한 소파를 차지하고, 바
로 자는 척 모드로 들어가면 자리를 사수하기도 용이하고 말이야. 물
론 아주 그럴듯한 연기를 위해선 가끔 앞발도 움찔해주면 주인은 네
가 꿈이라도 꾸는 줄 알겠지.

85. 냄새 맡기

우리 견공들이 진짜 살아 있다고 느끼는 순간은? 그래 바로 냄새를 맡을 때지. 우린 온갖 것을 다 맡아. 길가에 핀 꽃 한 송이의 향부터 전신주, 음식물 쓰레기통 그리고 여우 똥까지. 길가에 죽은 스컹크에게도 우리는 망설이지 않고 달려가 냄새를 맡지. 하수구 틈에서 오수가 쏟아져 나와도 우리는 달려가 냄새를 맡아. 브리트니 스피어스 시그니처 향수를 배송 중인 트럭이 전복되어, 그 냄새가 사방팔방 거리 전체를 뒤덮어도 우리는… 달려가 냄새를 맡지.

우리의 후각은 너무 뛰어나서 인간을 포함한 많은 동물의 페로몬을 맡을 수도 있어. 때론 우리의 냄새에 대한 지나친 집착이 주인을 짜증 나게 만들 수도 있어. 냄새를 맡을 때는 지나가는 것들을 건성건성 맡는 것으론 부족해. 온갖 사물에서 나는 냄새를 천천히 그리고 반복적으로 맡아서 깊게 음미해야 한다고.

그렇게 하나하나 첫인상을 만들어 각 사물과 생물들의 백과사전식 지식을 머리에 담아 두는 것은 우리 견공들이 세상을 살아가는 방식이자 곧 견생의 진정한 낙이니까.

이런 냄새를 음미하시길

편식하면 좋지 않아. 시간을 가지고 다양한 냄새의 세계의 몸을 맡겨봐. 다음은 내가 좋아하는 냄새 컬렉션의 일부야. 나의 취향의 폭에 깜짝 놀라지 마시길!

- 바로 그 사과나무: 상큼한 사과 향을 시작으로 은은한 사향과 내 오줌 냄새
- 바로 그 벤치: 개잎갈나무와 녹슨 냄새가 주는 안락감에 실려 오는 내 오줌 냄새
- 바로 그 펜스: 아직 남아 있는 미세한 페인트 향과 바람이 불면 살며시 풍겨오는 소나무 향 그리고 내 오줌 냄새

16. 코 킁킁대기(34쪽), 27. 기랑이 킁킁대기(62쪽) 참조

86. 난소 제거 수술

이 장은 숙녀 견들을 위한 내용이야. 수컷 여러분들은 '중성화 수술 (128쪽)' 부분을 참조하시길.

이런 말이 위안이 되지는 않겠지만, 솔직히 난소 없이 사는 삶이 고환 없는 삶보다 훨씬 잊기 쉽지. 무심코 본능적으로 심볼을 핥으려다가 혀가 허공을 칠 때의 상실감을 숙녀 견들은 절대 알 수 없겠지.

게다가 중성화가 주는 좋은 점도 있을 거야. 임신과 그로 인한 육아 걱정으로부터 자유로울 수 있고, 몸이 달아오르는 '발정기' 때마다 못생긴 옆집 개가 조지 클루니처럼 보이는 일도 없을 테니까.

물론 중성화 수술을 받아서 나쁜 점도 없는 것은 아니야. 수술 후 10일은 움직이기 힘들어서 집에만 있어야 하거든. 물론 그거야 견딜 수 있는 일이겠지만, 주인이 틀어 놓고 가는 아침드라마를 보고 또 보는 괴로움이란...

[개들의 푸념]

그러니까 저 남자 주인공의 아빠가 여자 주인공의 엄마의 친구를 사랑했었는데, 사실은 그녀가 그의 이복동생이었던 것이고 그러니까... 제발 누가 저 TV 좀 꺼주면 안 되나?

---

87. 다람쥐

다람쥐에 관한 두 가지 진실이 있어.

첫째, 우리는 다람쥐를 보면, 무슨 수를 쓰더라도 잡고 싶어진다.
둘째, 아무리 달리고 쫓아도 절대로 잡히지 않아.

다람쥐의 두툼한 꼬리는 '레드 썬'하고 우리에게 최면을 거는 것 같아. 하던 모든 것을 내팽개치고, 주인이 부르는 소리도 들리지 않아. 세상에 존재하는 것은 이 녀석의 꼬리와 그걸 쫓는 나밖에 없게 되지. 다람쥐 꼬리에 이렇게 매번 정신 줄을 놓는 것이 우리라고 딱히 좋은 것은 아니야.

그런데 이놈들을 잡을 수 없다는 것보다 더 약이 오르는 것은, 이 녀석이 도토리를 쥐고는 발을 쫑긋 세우고 서 있으면 인간들이 넋을

잃고 바라본다는 거야. 아마 귀여운 것으로는 새끼고양이도 상대가
되지 않을걸. 그래봤자 쥐인데 말이야!

88. 응시하기

밤이면 눈에서 빛이 나는 것과 더불어 주인을 골려 먹기 딱 좋은 놀
이야. 네가 만약 눈을 크게 뜨고 주인을 뚫어지게 바라봤는데 별로
재미가 없었다고 말한다면, 너는 분명 초짜 중의 초짜지. 자 지금부
터 내가 가르쳐 주는 대로 따라 해봐. 주인이 화들짝 놀라서 당분간
거실에 불을 켜지 않고는 밤에 화장실도 못 갈지도 모르니까.

  놀이 1. 주인 어깨 넘어 상상 속의 대상을 만들어서 바라봐야 해.
    진짜 보이는 것처럼.
  놀이 2. 갑자기 현관으로 달려가서 현관을 뚫어지게 바라봐. 더 놀
    래주고 싶으면 무엇이 보이는 것처럼 계속 크게 짖어.

  이해했겠지? 핵심은 인간은 보지 못하는 것을 우리는 볼 수 있다
고 주인을 믿게 만드는 데 있어. 신 내린 무당처럼 말이야.

48 안광(98쪽) 참조

89. 막대기

막대기는 요주의 대상이야. 주인이 언제 집어던지며 물어오라고 시킬지 모르니까. 주인은 정말 견공들이 막대기 물어오기를 재미있어 하는 줄 아는 것 같아. 사실, 이 놀이는 재미도 별로지만 위험하기까지 하다고.

견공이 막대기 던지기를 좋아하지 않는 이유

- 막대기의 쪼개진 파편이 잇몸과 혀에 달라붙을 수도 있어.
- 갈라진 조각이 소화 기관에 박힐 수도 있고, 심지어 폐에 구멍을 낼 수도 있어.
- 공처럼 튕기지 않아 지루해.

[개들의 푸념]

막대기 던지기 하자고? 음... 공은 없어?

90. 햇빛 아래 드러눕기

우리가 썬텐을 하지 않아서 일광욕을 싫어한다고 오해하지 말라고. 우리의 일상을 살펴보면 우리가 테라스에서, 마당에서 그리고 심지어 길가에도 몸을 누이고 햇빛을 즐긴다는 것을 알 수 있지. 디만 우리가 따뜻한 햇볕만큼 좋아하는 것이 있는데 그건 서늘한 그늘이야. 그래서 여름날 우리의 전형적인 일과는 이렇지.

1단계: 양지에 눕는다.

2단계: 몸이 뜨거워진다.

3단계: 그늘을 찾는다.

4단계: 몸이 차가워진다.

5단계: 저녁 먹을 때까지 1~4단계를 무한 반복한다.

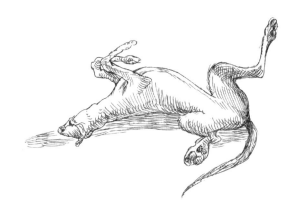

91. 수영하기

몇몇 품종의 개들은 수영 솜씨가 끝내주지. 마치 오리가 헤엄치듯 여유롭고 자연스럽지. 포르투갈 워터 도그와 아이리쉬 워터 스파니엘 같은 개들은 개 세상의 마이클 펠프스라고 할 수 있을 정도야.

하지만 머리가 크고 다리가 짧은 종들에게는 전혀 다르게 보이지. 얘네들이 수영하는 것을 보고 있으면 곧 익사하기 일보 직전 같아. 불독, 퍼그, 바셋하운드 너희들 듣고 있지?

물에 있을 때 행동수칙

웅덩이에서 수영장, 개울에서 바다까지 같은 물이라고 해도 그 규모나 특성은 너무나 달라. 물에 들어가기 전에 스스로에게 꼭 물어봐야 하는 질문이 있어. '내 발이 바닥에 닿는가? 만약 다리가 바닥에 닿는다면 신나게 물장구를 치며 마음껏 놀면 그만이야. 만약 닿지 않는다면 수영에 도가 튼 개가 아니라면 들어갈 생각을 하지 마. 참 그리고 정말 중요한 조언인데... 절대 잠수는 시도하지 마!

• 수영하는 방법
네가 수영을 잘하는 품종이라면 다음과 같이 행동하면 그만이지.

1. 머리를 물 위로 내민다.
2. 본능에 맡기고 달려!

이것이 소위 '개헤엄'이라는 것인데, 우아해 보이지 않지만 몸이
물 위로 뜬 채 앞으로 나아가기에 충분하지.

• 수영 보조도구

너의 주인이 네가 수영하는 것에 불안함을 느낀다면, 애견 구명조
끼를 입힐지도 몰라. 밝은색의 가방처럼 생겼는데 등 쪽에 손잡이까
지 있어서 마치 네가 가방에 낀 채 떠 있는 것처럼 보이지. 손잡이는
주인이 잡고 방향을 조종하는데 핸들 같은 역할을 하는 셈이야. 좋은
점이라면 확실히 몸을 물에 떠 있게 만들고 생명도 지켜주지. 나쁜
점은 다른 개들에게 두고두고 놀림감이 될 각오를 하는 게 좋을 거
야.

바다, 강, 호수에서 수영할 때의 꿀 팁

1. 주인이 집으로 돌아갈 준비를 하면, 해안가나 모래사장 등을 산책하
   도록.
2. 혹시 근처에 썩은 물고기 사체가 있는지 찾아보고.
3. 빙고! 냄새가 충분히 배도록 그 위에 누워서 몸을 문질러.

[개들의 푸념]

뭐라고 쓰여 있는 거지?

35. 몸 털기(73쪽) 참조

92. 꼬리

주인들은 우리가 꼬리를 흔들면 꼭 기분이 좋아서라고 생각하지. 물론 때로는 그게 맞기도 하지만, 사실 그렇게 단순하지 않아. 꼬리를 흔드는 방향, 높이, 속도 그리고 꼬리를 흔들 때 엉덩이가 어디에 있는지에 따라 다 다른 뜻이 있다고. 이것만으로도 복잡할 텐데 마치 지방 사투리처럼 개들의 품종에 따라 꼬리로 표현하는 방식이 조금씩 차이가 있어. 물론 우리 견공들 사이에서는 문제가 되지 않지만, 주인들이 이런 것을 다 이해할 것이라고 기대하는 것은 무리겠지. 그리고 꼬리가 의사표현수단이기는 하지만 백번 꼬리를 흔드는 것보다 한 번 짖는 것이 낫다는 속담처럼 의사전달에는 역시 짖는 게 효과적이지.

인간이 생각하는 개가 꼬리가 있는 이유 4가지

1. 다양한 감정을 전달하기 위해서
2. 달리거나 방향을 바꿀 때 균형을 잡기 위해서
3. 안정적으로 수영을 할 수 있게
4. 페로몬을 부채질하듯 멀리 보내려고

우리가 꼬리가 있는 진짜 이유 4가지

1. 심심할 때 꼬리잡기 놀이를 할 수 있어서
2. 뭔가를 쳐서 넘어트리기 위해서
3. 꼬리로 침실 문을 쾅 쳐서 새벽 6시에 주인을 깨우기 위해서
4. 항문에 체온계를 집어넣으려는 수의사로부터 항문을 사수하기
   위해서

[개들의 푸념]

꼬리를 흔드는 것은 여러 가지 의미일 수 있지. 기분이 좋아서, 화가 나서,
행복해서, 불만이 있어서, 편안해서, 불안해서 우리는 꼬리를 흔들어.
내가 지금 왜 꼬리를 흔드는 것 같아?

---

93. 텔레비전

이 작은 상자에 그 많은 사람과 그 많은 장소들이 어떻게 들어갈 수 있는지 나는 늘 신기했어. 만약 제군들도 비슷한 호기심을 가졌다면, 포기해. 주인에게 물어본다면 전송된 전기신호가 소리와 영상으로 바뀌고 하는 도대체 알아들을 수 없는 말을 들어야 하니까. 우리는 개야. 우리가 텔레비전에 관해 기억해야 하는 것은 단 2가지!

1. 주인을 즐겁게 만든다.
2. 주인이 우리를 집에 두고 장시간 외출할 때 죄책감을 덜 느끼게 한다.

2에 관해서는 우리도 할 말이 많아. 어떤 방송국은 자신들의 개 전용 채널이 개에 최적화된 볼륨과 영상을 제공한다고 설레발을 치지만, 사실 우리 개들은 텔레비전 따위에는 전혀 관심이 없다고.

왜? 개가 인간보다 색을 처리하는 두뇌가 덜 발달했기 때문도 아니고, 우리의 뇌가 시각 정보를 처리하는 프레임과 TV 프레임이 서로 다르기 때문만도 아니야. 물론 그것들이 다 사실이긴 하지만. 앉아서 하염없이 주인님이 돌아오는 것보다 더 지루한 것이 있다면, 그것은 낮 시간에 방송하는 막장 드라마일거야.

[개들의 푸념]

온종일 자연풍경을 보여주고 또 보여주는데 어떻게 지겹지 않을 수가 있겠어? 이것은 동물 학대야.

[개들의 푸념]

나는 이 무는 장난감이 마음에 들어.

94. 영역

우리 개들에게 영역의 개념은 아주 단순해. 네가 자고, 달리고, 파고, 냄새 맡고 노는 모든 곳이 다 네 영역에 속해. 물론 영역은 독점적이어야 하고 너만의 공간이어야 해. 하지만 현실은 주인과 다른 가족 구성원들과 함께 그 공간을 공유할 수밖에 없지. 이것은 영역을 독점해야 하는 타고난 본능과는 좀 어긋나기는 하지만 어쨌든 우리 개들은 아주 오랫동안 이 동거를 해왔으니까. 인간과 우리 선조들이 공간을 공유하고, 인간이 먹을 것과 안전을 보장하고 우리는 실리를 챙겼던 수천 년 전부터 말이야.

그래서 주인을 포함한 가족 구성원을 제외하면, 다시 말하지만 영역은 아주 간단해.

1. 그곳이 너의 고유영역임을 알려야 한다.
2. 그 영역의 침입자는 무슨 수를 써도 막는다.

침입자

정말 세상은 너의 영역을 침범하려는 녀석들로 가득 차 있어. 우선 집에 방문하는 낯선 이들과 그들이 간혹 데리고 오는 낯선 동물들(예를 들어 주인의 친구가 데리고 오는 포메라니안)부터 시작해서 정원의 새들과 성가신 옆집 고양이와 담장 위에서 도토리를 먹고 있는 다람쥐 녀석까지 전부 침입자들이야. 상대가 누구이든 중요하지 않아. 침입자는 침입자야. 단호하고 또 단호하게 행동해!

만약 네가 어물쩍 그들의 침입하는 행동을 무시하면, 그들은 곧 너의 음식을 먹고 물을 마시고 너의 장난감을 씹기 시작할 거야. 급기야 네가 가장 좋아하는 의자에 앉아서 소변을 보는 최악의 상황도 오지 말라는 법이 없다고.

영역에 관해 기억해야 하는 2가지

1. 너의 영역이 주인이 담보로 잡혀 있는 부동산에 제한될 필요는 없어. 개에게는 개에 적합한 영역 개념이 있다고. 앞마당, 뒷마당, 차고 그리고 차도와 자주 다니는 길까지 포함될 수 있어.

2. 너의 영역이 넓어질수록 지켜야 할 영역이 넓어지지. 공원 전체에 내 땅이라고 표시를 하기 전에 꼭 명심하도록 해.

67 영역 표시(120쪽) 참조

95. 천둥과 번개

아무리 어깨에 힘 좀 주고 다니는 견공들도 천둥이 치면 깨갱하지. 그런 스스로의 모습에 자책할 필요는 없어. 우리 개들이 천둥을 두려워하는 것은 자연스러운 일이고, 어느 정도는 본능에 가까워. 하지만 그 두려워하는 정도는 다양한데, 가볍게 불안감을 느끼는 증상에서부터 공황상태로 천둥이 다 지나가기까지는 꼼짝도 못 하는 개들도 있어. 견공들에게 도움이 되는 방법은 우선 무엇이 천둥이고 무엇이 아닌지를 구별하는 것이지.

• 천둥은 번개와 함께 전달되는 소리의 충격파야.

• 천둥은 분노한 개의 신께서 하늘에서 짖고 계신 소리가 아니야.

천둥이 단순한 자연현상이라는 것을 이해하고, 스스로 자꾸 되뇌어 조금씩 익숙해지는 것이 중요해. 믿기 힘들겠지만 천둥이 좋은 점도 있어. 개가 천둥을 무서워하는 것은 세상 모든 주인이 알고 있는 사실이지. 이를 역으로 이용하면 천둥 번개가 칠 때 그동안 주인 눈치 때문에 못 했던 것들을 할 수 있어. 마음껏 짖어본다든지, 평소 주인이 아끼는 신발에 응가를 해도 되고, 평소에 주인이 못 들어가게 막았던 방을 미친 척하고 들어갈 수도 있어. 주인이 네가 불안해서 하는 이상행동이라고 생각하는 한 말이야. 평소라면 고함을 쳤을 일에 등을 쓰다듬어주면서 간식을 가져다주기도 해.

[개들의 푸념]

천둥은 아직 안 갔나요? 불안해서 안 되겠어요. 간식이라도 씹으며 불안감을……

---

41. 폭죽 소리(86쪽) 참조

96. 개 일과표

네가 아무리 꼼꼼할지라도 우리 개들이 하루에 할 일과는 너무 많아서 벅차게 느껴질 거야. 혹 주인에게 간식을 졸라야 할 최적의 시간을 놓친 적이 있어? 아니면 오늘 하루 옆집 고양이를 쫓아가는 일을 잊어버린 것은 아니겠지?

이 모든 것들이 자신의 이야기처럼 느껴진다면, 우리 견공들에게 구세주와 같은 존재가 있으니 그것이 바로 '개 일과표'야. 원리는 간단해. 우선순위를 정해서 가장 중요한 일부터 하나하나 처리할 수 있게끔 관리해주는 도우미라고 할 수 있지.

견공을 위한 하루 일과표

[ ] 일어나기	[ ] 물 마시기
[ ] 아침 먹기	[ ] 누워있기
[ ] 앞발 뻗기	[ ] 낮잠 자기
[ ] 하품하기	[ ] 심볼 핥기
[ ] 뒷발 뻗기	[ ] 온몸 털기
[ ] 물 마시기	[ ] 뭔가 씹기
[ ] 산책하기	[ ] 대소변
[ ] 왼쪽 귀 긁기	[ ] 오른쪽 귀 긁기
[ ] 앞발 뻗기	[ ] 낮잠 자기
[ ] 의자에 등대고 비비기	[ ] 심볼 핥기
[ ] 뒷발 뻗기	[ ] 온몸 털기

[ ] 점심 먹기	[ ] 대소변
[ ] 물 마시기	[ ] 뭔가 씹기
[ ] 집배원 짖어서 쫓아내기	[ ] 낮잠 자기
[ ] 음심 달라고 구걸하기	[ ] 누워있기
[ ] 소파에 등대고 비비기	[ ] 심볼 핥기
[ ] 왼쪽 귀 긁기	[ ] 오른쪽 귀 긁기
[ ] 뭔가 쫓을 것 찾아보기	[ ] 물 마시기
[ ] 영역 표시하기	[ ] 대소변
[ ] 던지면 물어오는 놀이	[ ] 온몸 털기
[ ] 물 마시기	[ ] 뭔가 씹기
[ ] 앞발 뻗기	[ ] 낮잠 자기
[ ] 저녁 먹기	[ ] 대소변
[ ] 산책하기	[ ] 물 마시기
[ ] 음심 달라고 구걸하기	[ ] 누워있기
[ ] 왼쪽 귀 긁기	[ ] 오른쪽 귀 긁기
[ ] 잠자기	

[개들의 푸념]

'개 일과표' 사용 후기를 남겨요. '개 일과표'를 사용하기 전 제 삶은 그야말로 개판이었어요. 하지만 이 제품을 사용하고부터 자신감 있게 언제 자고 언제 싸야 할지 알게 되었어요. 저의 개 같은 삶을 완전히 바꿔준 '개 일과표'를 강추합니다.

97. 화장지

인간과는 다르게 우리는 손으로, 아니 앞발로 아무것도 집을 수 없다고. 붓이나 펜을 잡을 수도 없고, 당연히 조각을 한다던가, 악기를 연주할 수도 없지. 말 그대로 '개 발'이라고. 하지만 우리도 표현하고 싶은 내면세계가 있어. 그럴 때 우리가 선택하는 것이 화장지야. 입으로 물고 발로 굴려서 온 방에 펼쳐 놓으면 주인은 자기들 기분에 따라 웃을 때도 있고 화를 낼 때도 있지만, 절대 화장지로 표현한 우리의 예술혼을 인정하지는 않지.

그러니 아무리 주인이 구박해도 기죽지 말고, 우리 견공들 안에 숨어 있는 피카소를 깨워야 해.

[개들의 푸념]

예술 행위 좋아야. 인간에게 액션 페인팅이 있다면 우리 개들은 액션 바이팅이 있지.

98 변기(165쪽) 참조

98. 변기

변기는 보통 욕실, 혹은 따로 분리된 작은 방에 있는 물이 담긴 하얀색 자기라고 할 수 있어. 혹시 주인이 문을 꼭 닫지 않는 경우 문틈으로 주인이 여기서 뭘 하는지 본 적이 있을지도 모르겠군. 보통 이 자기로 만든 통 위에 앉아서는 스마트폰을 만지작거리거나 신문, 심지어 책을 읽고 있었을 수도 있고, 뭔가 심각한 표정을 짓고 있을 수도 있어. 그래서 혹 화장실을 주인들의 오락과 사색을 위한 공간, 그리고 변기를 그 사색을 위한 의자라고 착각하는 견공들도 있지.

하지만 변기의 더러운 진실은 주인이 여기서 대소변을 본다는 거야. 일종의 하이테크 모래 화장실이라고 할 수 있어. 게다가 이 신비한 도자기는 영원한 샘처럼 맑은 물을 계속 공급해주거든. 주인들은 이 샘물을 자신들만 마시고 있는지도 몰라.

더럽지 않으냐고? 천만에. '피용~' 하면서 물이 내려가는 소리가 들은 적 있지? 그게 이 변기가 주인의 똥오줌을 먹고 그 대가로 맑은 물을 주는 교환의 소리야. 그리고 깨끗한 척하는 것은 남의 똥을 맛있다고 주워 먹는 우리가 할 소리는 아닌 것 같아.

아, 그리고 문이 열려 있으면 얼른 욕실로 들어가서 주인을 빤히 쳐다보는 것도 쏠쏠한 재미가 있어.

[개들의 푸념]

그냥 뒷마당을 이용하는 것을 권하겠어. 왜 주인은 똥을 이렇게 복잡하게 싸는지 모르겠단 말이지.

99. 훈련에 대한 FAQ

인간과 살면 숙명처럼 다가오는 순간이 있어. 그건 주인이 우리가 훈련이 필요하다고 판단하는 때가 온다는 거야. 보통 6~8주 정도 지속되는 이 프로그램에서 우리는 소위 주인의 명령에 복종하는 훈련을 받게 되지. 많은 견공이 이 훈련에 대한 막연한 불안감을 가지고 있어서 내가 여러분의 궁금증도 풀어주고 마음도 편안하게 해줄게.

Q. 내가 지금 '훈련' 중이라는 것을 어떻게 아나요?

A. 3가지 명확한 단서가 있어요.

1. 어느 날 다른 개들과 함께 둥글게 모여 있고, 좀 떨어진 곳에 주인들이 따로 모여서 지켜보는 상황.

2. 전직 맹견훈련원이나 조련사들이 과도한 열정을 가지고 마구마구 소리침.

3. 무엇보다 엄청 지루함. 엄청~

Q: 6~8주나 걸린다는데, 그렇게 오랫동안 뭘 배울 게 있죠? 그리고 가르치는 것을 모두 다 배워야 끝나요?

A. 걱정 붙들어 매세요. 보통 당신이 지치기 전에 주인이 먼저 포기하니까.

Q: 복종 훈련은 정말 배우기 어려운가요?

A. 앉고 눕는 것을 배우는 것이 뭐 그렇게 어렵겠습니까. 그래도 주인은 우리가 이 지시들을 이해하느라고 고생한다고 생각하죠. 아마 우리를 바보나 고양이쯤으로 생각하는 게 분명해요.

Q: 그럼 지시사항에 잘 따르고 임무를 완수해서 집에 빨리 가는 게 좋을까요?

A. 그건 아니죠! (이 책의 거의 끝부분까지 왔는데, 도대체 그동안 뭘 배운 거야?) 직장에서 착하고 말 잘 들으면 일복만 늘어나는 거고, 신혼 초에 집안일 잘하면 앞으로도 쭉 해야만 되는 거랑 똑같은 거예요. 피곤한 삶이 시작되는 거죠. 절대로 당신이 주인의 명령을 다 알아듣는다는 것을 들켜선 안 됩니다!

Q: 그럼 주인이 우리가 멍청하다고 생각하지 않을까요?

A. 그러겠죠. 사실 그게 바로 우리가 바라는 바입니다. 우리가 명

령을 잘 듣지 않는 것이 우리의 지능이 떨어져서라고 주인이 믿는 그 순간, 우리 견공들에게는 천국 문이 열리는 거예요. 유유자적한 개 같은 삶이 우리를 기다리고 있지요.

Q: 그러니까 요점은 우리가 진정 원하는 개 같은 삶을 살기 위해 주인의 말귀를 못 알아듣는 척 바보 같은 연기를 하라는 거죠?

A. 맞습니다. 그러면 주인이 앉으라고 소리칠 때 당당히 서 있을 수 있고, 오라고 할 때 갈 수 있습니다. 잘 생각해보세요. 배변 봉투를 들고 다니면서 황급히 똥을 치우는 우두머리로 살고 싶어요? 아니면 바보 취급받지만 싸고 싶은 곳에 똥을 싸질러도 되는 2인자로 살고 싶어요? 이 간단한 지혜를 깨달았기에 우리의 선조가 늑대가 아닌 개가 되기로 한 것이지요.

[개들의 푸념]

물론 소파에서 내려오라는 명령인지 알고 있어. 하지만 나는 편하게 앉는 거지.

100. 진공청소기

집 안 어딘가에 어두운 동굴이 있고 무서운 용이 살고 있다는 이야기, 다들 한 번쯤은 들어 봤지? 사실을 말하자면, 동굴이 아니라 창고를 말하는 거고, 거기 살고 있는 것도 용이 아니라 진공청소기야.

진공청소기는 인간이 청소를 할 때 쓰려고 만든 기계인데, 작동할 때 요란한 소리를 내서 우리를 떨게 만들지. 하지만 입에서 불을 뿜지는 않으니까 너무 걱정하지 않아도 괜찮아. 게다가 청소 시간이 그렇게 오래 걸리지 않아. 횟수는 일주일에 두세 번 정도인데, 만약 주인이 혼자 사는 남성이라면, 어쩌면 진공청소기 소리를 평생 못 들어 볼지도 모르지.

101. 채소

믿기 힘들겠지만, 세상에는 개 사료보다 맛없는 것이 존재해. 이름하여 '채소'라고 불리는 존재들이야. 채소는 색도 형태도 다양하다고 말하지만, 실제로는 다 푸르딩딩하다고. 치과에서 주는 씹는 막대기처럼 바삭거리는 식감이 일품인 당근을 제외하면, 나머지는 정말 심심

그 자체야.

간혹 균형 잡힌 식사와 모자란 영양분을 보충한다고, 채소를 강요하는 주인들이 있는데, 정말 곤혹스러울 뿐만 아니라 잘못 먹으면 위험하기까지 하니까 주의를 기울일 필요가 있어. 양파, 마늘, 버섯, 대황, 녹색 토마토, 생감자와 아보카도는 개에게 독성이 있기 때문이지. 그런 걸 어떻게 다 기억하냐고? 그래서 나는 모든 채소를 안 먹지.

[개들의 푸념]

이걸 하루에 다섯 번 먹으라고? 너도 못 할 걸 왜 나한테 시켜?

102. 수의사

간단히 말하자면, 수의사란 동물을 치료하는 의사지. 하지만 너의 발톱에서 가시를 뽑아주는 고마운 그 손으로 너의 고환도 뽑는다는 것을 잊어서는 안 돼.

그리고 어쩌면 수의사들의 최초의 꿈은 신경외과 의사였는지도

몰라. 그 꿈이 운이 나빠서 어쩔 수 없이 수의사로 바뀐 것이라면, 손
가락으로 너의 항문낭을 쑤실 때 그 쌓인 불만이 표출될 수도 있어.
그러니 동물병원에서는 말을 잘 듣는 것이 최선의 방법이야. 수의사
를 짜증 나게 해서 좋을 것이 없다는 것은 주사기가 몸에 들어오게
되는 순간 실감할 테니까 말이야.

우리가 수의사를 싫어하는 5가지 이유

- 우리 몸에 기생충이 있다고 말해서 망신을 줘.
- 과체중이라면서 주인에게 우리의 간식을 줄이라고 말하지.
- 우리에게 치욕의 고깔을 씌우는 놈들이지.

- 항문샘을 짠다고...
- 그리고 그 끔찍한 백신 주사들...

동물병원에 가면 벌어지는 일

- **대기실**

우리가 마음껏 짖을 수 있는 마지막 공간이야. 그래도 좋은 점도 하나 있는데, 케이지에 담긴 고양이들이 아주 많다는 거야. 그게 뭐가 좋은 점이냐고? 그동안 우리 견공들은 이 녀석들이 할퀴면 어쩌나 마음껏 짖어보지도 못했잖아. 할퀼 염려 없이 마음껏 대놓고 짖을 수 있는 흔치 않은 기회지.

- **접수 데스크**

마치 고급 호텔에 들어선 것 같은 착각을 주지. 친절한 안내 목소리에 안심도 하게 되고 말이야. 하지만 이 모든 것은 앞으로 네게 닥칠 일을 모르게 하려는 고도의 기만술임을 명심해.

- **체중계**

이 기계가 존재하는 이유는 오직 한 가지! 수의사가 주인에게 비싼 다이어트용 식품을 팔기 위해서지.

• 검사용 테이블

개들이 받는 인상은 딱 2가지. 스테인리스에 앉는 것은 똥꼬가 시리다. 차갑고 딱딱한 바닥으로 떨어질 위험이 있다.

• 엑스레이(X-ray)

네가 먹으면 안 되는 것을 먹으면, 그걸 찾아 주는 기계지. 예를 들면 열쇠, 나사, 작은 장난감, 뼈, 레고 인간, 컴퓨터에 달린 마우스, 보석, 크레용, 건전지, USB, 고무줄 등등. 이곳에서는 언제나 진실이 적나라하게 드러나지. 지난밤 네가 무엇을 몰래 먹었는지.

• 수술실

지옥이 있다면 바로 이런 곳일 거야. 눈 부신 빛, 튜브가 달린 이상한 기계와 날카로운 도구들 그리고 마스크를 쓴 인간. '주여, 아니 개 신님, 제 잘못을 사해주소서.'

• 케이지

수의사는 이곳을 인간의 병실과 같은 곳이라 생각하는 것 같지만, 우리 견공들이 받는 인상은 감방에 가깝지.

103. 산책

주인들이 개를 산책시킬 때는 마음속에 로망이 있어. 아마 드라마나 영화에서 나온 평화롭고 목가적인 산책을 보고 단단히 착각을 하게 된 것 같아. 영화 속에서는 주인은 여유롭게 산책하고 개가 조용히 그 뒤를 따르지. 그리고 길에서 마주치는 아름다운 여성들이 개가 귀엽다면서 말을 걸어주지. 하지만 그건 영화일 뿐. 현실은?

목줄이 끊어질 듯 개들은 앞서서 여기저기 돌아다니고 주인은 그 뒤에 목줄을 쥐고는 끙끙대면서 끌려다니지. 그러다 지나가는 다른 개라도 만나면 느닷없이 서열 싸움이 시작되고 서로 짖기 시작하면서 주인이 머릿속에 그렸던 로망은 흔적조차 없이 사라지지. 팽팽한 목줄을 힘겹게 붙잡고 뒤에서 끌려오는 주인을 보면서도 정말 주인이 우리를 산책시킨다고 생각해? 그 반대는 아니고?

[개들의 푸념]

이게 무슨 의미인지 알죠?

104. 따뜻한 자리

인간들이 밖에 나가면 성배를 찾듯 눈에 불을 켜고 찾는 것이 뭔지 알아? 그건 바로, 주차할 곳이지. 인간들은 늘 주차할 마땅할 장소가 없다고 불평하지. 우리 견공들도 그 마음을 미루어 짐작할 수가 있어. 우리도 언제나 배를 깔고 누울 따뜻한 장소를 눈에 불을 켜고 찾지. 인간의 주차 장소 찾는 것에 비하면 따뜻한 장소를 찾는 것은 그다지 어려운 일이 아니야. 그곳이 침대이든 소파이든 아니면 책상이든 중요한 곳은 장소가 아니야. 바로 주인이 오랫동안 앉아 있었던 바로 그 자리가 명당이라고!! 주인들이 우리를 위해서 덥혀놓은 자리에 앉지 않는다면 완전히 성의를 무시하는 셈이야.

명당을 차지하기 위해 우리에게 필요한 것은 딱 3가지!

1. 인내

2. 노련함

3. 속도

• 인내

주인이 큰 방광을 가지고 있다면, 그리고 TV를 집중해서 보고 있다면, 이럴 때 필요한 것이 인내야. 주인이 자리를 뜨기까지 보통 30분 이상의 시간을 기다려야 해. 잠깐 토끼를 쫓아가는 꿈이라도 꾸는 순간 벌써 주인이 방광을 비우고 다시 자리에 앉아 있을 수도 있지. 그런 끔찍한 비극을 보고 싶지 않다면 눈을 부릅뜨고 주인이 자리에서 일어날 찰나의 순간을 기다리고 또 기다려!

• 노련함

결국 승패는 노련함에서 결정돼. 상황은 시시각각 변하고 예상대로 일이 안 풀릴 수도 있어. 곧 커피를 끓이러 자리를 뜰 것이라고 예상했던 주인이 아무것도 마시지 않기로 결정하는 순간, 모든 계획을 처음부터 다시 점검해야 하지. 그리고 그 수정된 계획에 맞춰서 최적의 장소를 선점하는 거야.

• 속도

네가 인내와 노련함을 가지고 있다면, 이제 남은 것은 스피드야. 언젠가는 기회가 올 것이고, 바로 그 순간을 놓쳐선 안 돼. 드라마 중간의 광고 시간이든 더 이상 방광의 압박을 참지 못한 것이든 주인이 자리에서 일어나는 순간 망설임 없이 행동해. 결국 속도가 말해줄 거야. 저녁 내내 따뜻한 소파 위에서 보내게 될 것인지, 계속 찬 바닥에 있을 것인지.

마침내 명당에 앉았다면

얼른 몸을 뻗고 누워서 잠자는 척을 해. 죽은 척도 괜찮아. 누가 옆구리를 찌르면서 비키라고 하면 으르렁거리는 소리를 내면 돼.

105. 세탁기

처음 세탁기가 돌아가는 것을 본다면 신기하고 흥미롭겠지. 하지만 세탁기 앞에서 너무 많은 시간을 보내는 것은 쓸데없는 일이야. 왜냐면 앞으로 보게 될 것이라곤

• 주인의 옷이 한쪽으로 돌다가
• 주인의 옷이 다른 방향으로 돌아.

이게 다야.

[개들의 푸념]

집에서 이러면 혼나.

106. 쓰레기통

그동안 삑삑 소리가 나는 슬리퍼, 안에 벨이 들어서 딸랑딸랑 소리가 나는 공과 고무로 만든 뼈다귀만을 가지고 놀았다면 넌 그동안 헛산 거야. 잘 들어. 두말이 필요 없는 최고의 장난감은 쓰레기통이야. 이 통 안에는 온갖 서류 뭉치와 잡동사니가 들어 있어. 때론 사과 씨나 음식을 포장했던 종이가 들어 있기도 해. 이렇게 쓰레기통을 뒤집어 헤집을 때는 선물 상자를 뜯는 것 같은 설렘이 있어. 뭐가 나올지 모르니까. 주인이 오기 전에 얼른 이 잡동사니를 온 집 안에 골고루 흩어 놓는 것은 우리 견공들이 가장 즐기는 놀이이기도 하지.

107. 개 직업

개들의 팔자는 말 그대로 상팔자지. 하지만 재수가 없으면 평생을 '일'을 하면서 보내는 경우도 있어. 이래서 내가 수도 없이 말했던 거야. 우리의 능력을 노출시켜서 좋을 일이 없다고 말이야.

성격 좋기로 유명한 리트리버가 대부분의 맹인안내견으로 일하는 것도, 저면 셰퍼드가 경찰견으로 활약하고 있는 것도 다 재능을 노출시켰기 때문에 벌어진 일이야.

어떤 직업에서 활동을 할 수 있고 장단점은 무엇인지 한번 살펴볼까?

• 마약 탐지견

좋은 점: 콜롬비아 마약 카르텔을 쫓고 있다는 자부심과 아우라!!

나쁜 점: 코카인 1g을 찾아내기 위해서 몇 톤의 더러운 속옷 냄새를 맡아야 하지.

• 폭탄 탐지견

좋은 점: 진정한 군인만이 느낄 수 있는 흥분과 스릴!

나쁜 점: 군인만이 누린다는 화려하고 장엄한 장례식 (죽기 쉽단 얘기야.)

• **안내견**

좋은 점: 인간을 돕고 싶은 욕망이 있다면 아주 이상적인 일이야. 게다가 보통 개들은 출입할 수 없는 식당, 술집, 숍도 무사통과!

나쁜 점: 야광 조끼는 정말 그만 입고 싶다.

• **치료 도우미 견**

좋은 점: 일은 아주 쉬워. 주로 병원이나 호스피스에서 일하고, 사람들이 쓰다듬어 주는 데 가만히 있으면 되는 거야.

나쁜 점: 좋은 일이고 대견한 일인데, 왠지 우울해지는 기분은 어쩔 수가 없어.

• **연예인 견**

좋은 점: 베토벤, 벤지 만큼이나 유명해질 수 있어.

나쁜 점: 자기관리를 해야 하니 마음대로 먹지 못하는 비극!

• **사체 탐지견**

좋은 점: 뭔가 멋있어 보인다.

나쁜 점: 산과 들로 여기저기 돌아다니면서 냄새를 맡는 것은 좋지만, 결국 찾아내서 맡게 되는 것은 부패한 사람 시체.

- **양치기견**

좋은 점: 상쾌한 공기!

나쁜 점: 그 공기를 음미할 여유를 안 주는 저놈의 양 새끼들.

- **썰매견**

좋은 점: 확 트인 설원 위로 힘차게 내달릴 때, 나의 선조가 늑대였음을 실감하게 되지.

나쁜 점: 더럽게 추워. 얼마나 추운지 무심코 불알을 핥다가 혀가 달라붙는 수가 있지. 그거 얼마나 ×팔린 줄 알아?

- **사냥개**

좋은 점: 아주 많은 시간을 야외에서 보낼 수 있지.

나쁜 점: 총은 만져볼 수도 없고, 이름은 사냥개인데 주로 하는 일은 주인이 명중시킨 죽은 새를 입에 물어오는 일이야. 게다가 그 물어온 새를 가질 수도 없지.

- **투견**

좋은 점: 뭔가 폼이 나는 것 같아.

나쁜 점: 십중팔구 죽거나 불구가 되지.

- **경찰견**

좋은 점: 합법적으로 범죄자를 덮치고 물 수 있지.

나쁜 점: 아, 그 끔찍하고 힘든 훈련, 또 훈련!!

• 경주견

좋은 점: 관중들의 함성과 응원을 들으며 타원형 트랙에서 토끼를 잡으러 전력 질주를 하는 기분! 니들이 그 맛을 알아?

나쁜 점: 그레이하운드가 아니면 출전하기 어렵지. 차별이 개 심한 곳이야.

• 고물 하차장 견

좋은 점: 접근하는 사람에게 마음껏 짖고 으르렁거려도 괜찮아.

나쁜 점: 버려진 세탁기, 고장 난 텔레비전, 각종 자재들 등 일하는 환경과 분위기가 영 꽝이야.

[개들의 푸념]

썰매견이라서 좋은 점이 뭐냐고?
음... 하얀 눈 위에 소변으로 그림을 그릴 수 있지.

개 좋아!
개의 행복한 삶을 위해 견주가 알아야 할 개의 속마음

1판 1쇄 펴냄 2019년 5월 20일

지은이 맥스웰 우핑턴
옮긴이 임현석
펴낸이 정현순
디자인 전영진
인 쇄 ㈜한산프린팅

펴낸곳 ㈜북핀
등 록 제2016-000041호(2016. 6. 3)
주 소 서울시 광진구 천호대로 572, 5층 505호
전 화 070-4242-0525 **팩스** 02-6969-9737

ISBN 979-11-87616-63-4 03840
값 12,000원